背もたれ人情

大江戸けったい長屋 3

沖田正午

時代小説
二見時代小説文庫

目次

背もたれ人情——大江戸けったい長屋3

第一話　紛《まぎ》れ込んだ異人

一

上弦月《じょうげんづき》のかすかな明かりのもと、蠢《うごめ》くものの気配を感じて菊之助《きくのすけ》の足がピタリと止まった。

「なんだい、ありゃ？」

上州赤城颪《じょうしゅうあかぎおろし》が関東の大地を吹き抜ける、そんな寒い宵《よい》のこと。江戸中の人々が震える体に夜具を重ね、眠りにつく宵五ツ刻。菊之助は浅草花川戸《あさくさはなかわど》でしこたま酒を呑み、酔いの回る千鳥足であった。

ぶら提灯《ちょうちん》で蔵前《くらまえ》通りの地面を照らし、ようやく塒《ねぐら》のある宗右衛門《そえもん》長屋の路地口まで辿《たど》り着くと、ブルッと一震えした。

寒さを感じた菊之助は、大柄の牡丹《ぼたん》の花が一輪あしらわれた女物の袷《あわせ》の襟《えり》を閉じ、長屋に通じる路地へと入った。

路地の奥、七間《けん》ほど入ったところに長屋の出入り口である木戸がある。木戸とはいっても、いつの間にか格子扉は壊れて外《はず》され、内と外の境の役目はなしていない。

菊之助の足が止まったのは、木戸から手前三間ほどのところであった。

ぼやけた目を瞬《しばたた》かせ、菊之助は目を木戸の脇に蠢く黒い塊《かたまり》に当てた。かすかに動くところは、野良犬が横たわっているようにも見える。犬にしては、かなりの大型だ。

提灯の明かりが届くほどまで、警戒しながらゆっくりと近づく。

それが人だと分かったのは、提灯の明かりが届いた瞬間であった。

大柄な男がブルブルと震え、背中を丸めてうずくまっている。

「こいつはいけねえ」

近づいた菊之助は、さらに驚愕する。

「なんだいこの男は？」

これまで見たこともない男の様相に、菊之助は声を押さえきれぬほどに驚いた。

酔いが一気に吹き飛び、菊之助の思考は、いく分冷静さを取り戻している。

菊之助が首を傾《かし》げたのは、男の着姿である。

黒い上着の襟は立ち、首元まで包んでいる。羽織袴《はかま》とは、まったく形が異なる。二本に分かれた細長い筒に、片足ずつが包まる。足に履《は》く物は下駄《げた》や雪駄《せった》ではない。獣《けもの》の皮で作られた履物《はきもの》はゴワゴワとし、脹脛《ふくらはぎ》まで覆《おお》い、きつく細紐で括《くく》られている。

髪は黄色く縮れ毛で、長く肩のところまである。

「……こいつは、異人さんかい？」

絵草子《えぞうし》などでは見たことがあるが、菊之助が異人の実物を目をするのは初めてであった。

菊之助が不思議に思ったのは、行き倒れにしては男の着ているものがさほど汚れていないことだ。

顔を伏せているので、面相までは分からない。それを知ろうと、菊之助は腰を屈《かが》めた。

「おい、しっかりしろ」

背中を揺すって声をかけたが、寒さと空腹からか、男は背中を震わせたまま起き上がることができずにいる。

身の丈《たけ》はゆうに六尺を超えるであろう、かなりの大男だ。菊之助一人では、起こし上げることはできそうもない。

「弱ったなこいつは」

寒中、衰弱した男をこのままに放ってはおけない。菊之助は長屋の中に入ると、力のある担《かつ》ぎ呉服屋の定五郎《さだごろう》と、灸屋《やいとや》の兆安《ちょうあん》を起こしにかかった。

宗右衛門長屋は、『けったい長屋』と呼ぶほうが通りがよい。上方弁《かみがたべん》でみょうちくりんという意味である、けったいなほどお人好しで、人情味溢れる人々が住みついている。そんなところから、眠りっぱなに起こされても文句一つ垂《た》れる者はいない。

「そいつはいけねえな」

菊之助から事情を聞かされ、すぐさま定五郎と兆安が木戸へとかけつけた。

うずくまる大男を目にし、定五郎と兆安も一様に顔を顰《しか》めた。

「でけえな、こいつは」

定五郎も六尺近い大柄であるが、それが小さく見えるほどだ。

「鬼か？」

兆安が、不思議そうに男の顔をのぞき込む。

「いや、鬼じゃないですよ。これは、異人ですね」

　菊之助が、真顔で答えた。

「他所《よそ》の国の人かい。それにしても、かなり具合が悪そうだな」

　人間と分かれば恐れも半減する。兆安が屈み込んで、男の額《ひたい》に掌《てのひら》を当てた。

「すごい熱だぜ。こいつは早く家の中に入れねえと」

「おれんちの隣が空いてる」

　菊之助の隣は、今は誰も住んでいない空き家である。とりあえず、そこに運ぼうということになった。

　定五郎が、男の腹に手を回す。そして菊之助は左、兆安は右の脇の下に体を入れ、三人で起こしにかかった。「いっせえのせ！」と、掛け声をかけると大男の体が持ち上がった。

　立ち上がると、さらに大きさが増す。

「ずいぶんとでけえな」

　兆安も、男の体の大きさに絶句する。立たせると六尺はゆうに超え、定五郎と比べても頭一つずず抜けている。

　高熱で真っ赤になったその形相は、まるで赤鬼である。

いつしか声を聞きつけ、長屋の面々が集まっている。その中に、幼い子供も交《ま》じっている。

「おっかないよー」

赤鬼のような異人の形相に怯《おび》えたか、母親おときの腰にしがみつき泣きべそをかいているのは、定五郎の娘で七歳になるお花《はな》であった。

「子供を外に出すんじゃねえ。暴れ出したら、危ねえだろ」

定五郎の一喝《いっかつ》に、おときばかりでなく外に出てきている女衆《おなごし》と子供は、そそくさと家の中へと引き下がった。

男衆《おとこし》ばかりが、その場に残る。

「どうかしたんかい？」

声をかけてきたのは、将棋の真剣師《しんけんし》で身を立てる天竜《てんりゅう》であった。

「これは、異人じゃねえか」

「なんだか、大変な事情を抱えているみたいだ。この男がどんな人であれ、弱った人を見捨てちゃおけない。かなり体の具合が悪そうだし、そんなんでみんなして助けてあげようじゃありませんか」

「よく言った、菊之助！」

大向こうから声を投げたのは、占い師の元斎《げんさい》であった。

その場にいる男連中の手により、異国の大男は空き家へと運ばれた。

齢《とし》のころなら二十代の半ばか。だが、見たこともない異人の面相からは、確たる年齢は分かりようがない。

文久《ぶんきゅう》三年霜月半《しもつきなか》ば、世の中が動乱に染まるそんな時勢の最中であった。


菊之助の隣家に寝かせてから丸三日になるが、男の状態は熱が下がらず意識も戻らぬままだ。その間、長屋の連中で手の空《す》いた者が交代で看病しようということになった。

普段暇《ひま》を持て余すのは、遊び人を気取る菊之助と、家の用事を済ませたかみさん連中である。

端《はな》のうちは異人を怖がり、女、子供連中は近づきさえしなかった。だが、一日二日経つうちに、菊之助や亭主たちの説得もあり、ようやく傍《そば》に寄ることができた。

今ではかみさん連中が交代で、つきっきりで看病するも、一向《いっこう》に容態がよくならない。

普通の人ならすっぽりと収まる夜具でも、この男にはかなり小さい。掛けた掻巻《かいまき》からは、膝《ひざ》から下が出ている。

「おや、何か言ってるよ」

耳を澄まさなければ、聞き取れないほどの小声が異人から発せられる。

「www…Help…me……Oh my…god……Oh no…www」

漏れるうわごとに、看病をするおときの首が傾《かし》いだ。

「なんて言ってるんだい？」

一緒にいるのは、兆安の女房およねである。

「さあ……なんだか念仏みたいで、薄気味悪いねえ」

聞いたことのない言葉に、二人の腰が引けている。異国の言葉では、さっぱり意味が分からず途方に暮れた。


医者を呼び、療治を施そうとしたのを止めていたのは、占い師の元斎であった。

「――この異人のことは、長屋だけに止《とど》めておこう。もし御番所《ごばんしょ》にでも知れたら、この男はどうなるか分からん。国が開いたとはいえ、まだまだ異国とは悶着《もんちゃく》が起きてるからな」

江戸の民は、奉行所のことを御番所と呼ぶ。

二百年以上もの間、異国との交流・貿易を統制した鎖国令《さこくれい》が国を閉ざしていた。それが十年前の嘉永《かえい》六年、米国からペリー提督が浦賀《うらが》沖に、黒船に乗って来航し開国を迫ってきた。そして翌年の嘉永七年、ペリー提督の再来で、全権林 復斎《はやしふくさい》のもとで日米和親条約が締結されると、下田《しもだ》と函館《はこだて》の二港が開港され、ここに鎖国制度は終焉《しゅうえん》を迎えた。しかし、それからも、幕府のみならず民衆までも、異国の来襲に怯《おび》えている。そんなご時世の中、異人を匿《かくま》っていると知れたらどんな咎《とが》めがあるか分からない。

元斎の言葉は、そんな不安の表れであった。

「ここは、兆安の療治《りょうじ》に任す以外になかろう」

兆安の療治は、薬に頼る療法とは異なる鍼灸《しんきゅう》での治療である。灸や鍼《はり》で療治を施すも、男の容態に回復の兆しは見えてこない。

「まあ、放っておいてもそのうちよくなるだろうよ。これ以上悪くはならないのは確かだから、安心していい」

兆安の診立ては、楽観である。それでもずぶの素人《しろうと》の診立てよりはましだと、長屋の一同ほっと安堵の息をついた。しかし、大男の容態が回復したらしたで、言い知れぬ不安があった。それは、異人がもつ異様な風貌からきている。

「ずいぶんと、恐ろしい顔をしているねえ。鼻が富士山みたいに高いし、顔が真っ赤で、髪の毛は真っ黄色……まるで雷さんだよ」

定五郎の女房であるおときの言葉が、ますます皆を不安に陥《おとしい》れる。

赤い顔は、体熱からきているものだ。それが雷門《かみなりもん》の雷神を彷彿《ほうふつ》とさせる。万が一何かあってはいけないと、必ず看《み》ている者は二人以上と決めていた。

今、異人を看病しているのは、定五郎の女房おときと兆安の女房およねである。二人とも子持ちだが、何かあってはいけないと子供たちを近寄らせるのは禁じていた。

「このまま眠りから覚めないでもらいたいね」

と言いながら、おときが額に載せた手拭いを交換する。

助けてあげたいし、救ったら救ったで恐ろしい。そんな複雑な気持ちが、女連中の言葉に表れている。

「すぐに温まっちまうよ」

おときが、手拭いの水を絞りながら言った。

「冷たい水を汲んでくるから……」

おときとおよねの言葉の中に、恐れる気持ちと慈悲の気持ちが同居している。

およねが水桶を持って立ち上がろうとしたところに、戸口の障子戸が開いて馴染《なじ》みの上方弁が聞こえてきた。

「どないでっか、異人はんの具合は？」

言いながら上がってきたのは、けったい長屋の大家《おおや》で、表通りで『頓堀屋《とんぼりや》』という材木屋を営む高太郎《たかたろう》であった。

二

異人が空き部屋に運ばれる際、菊之助の口から大家の高太郎にうかがいをたてた。そのときは、高太郎に戸惑いがあった。

「――異人でっか？」

高太郎の首が傾いで、その顔は苦悶の表情である。口では駄目とは言えない気持ちを、顔の表情と態度で表した。

これには、菊之助も怒る。

「そんなら大家は何かい？　鬼だろうが熊だろうが、こんな弱ってるのを見て、放り出せってでも言うんかい。そんな薄情な奴だとは……」

「放り出せなんて、言ってはおまへんがな」

「そんな渋い面をしてちゃ、言ってるのと同じじゃねえか」

江戸弁の啖呵《たんか》が、高太郎に向けて炸裂《さくれつ》する。菊之助は、普段は女ものの衣装を纏《まと》い、役者気取りで『ぬけ弁天《べんてん》』と二つ名を晒《さら》す。市村座《いちむらざ》の当たり狂言『白浪五人男《しらなみごにんおとこ》』の一人、弁天小僧菊之助に惚れ込み、その威勢を我がものとする無頼《ぶらい》の傾奇者《かぶきもの》である。牛込《うしごめ》の別当二尊院《べっとうにそんいん》、通称『抜弁天《ぬけべんてん》』の近くで生まれ、二つ名は、幼馴染《おさな》みの弁天様からいただいたものだ。見かけは柔《やわ》だが、中身は剛健である。

高太郎が、菊之助に反論する。

「そうではおまへんが、こんなお人を匿ったとあっちゃ御番所からどんなお咎めがあるかしれまへんで」

「大家は、そんなつまらねえことを気にしてるんか？」

「いや、そうじゃおまへんが……」

「おまへんて言うなら、なんでい？」

高太郎に向けては滅多に怒りを表さない菊之助だが、このときだけは真顔でもって口調も荒くなった。

「この男の面相、まるで赤鬼でんがな。図体《ずうたい》もでっかく、頭が天井《てんじょう》に届くほどでっしゃろ。子供たちは怖いと言って怯えてまっせ。もし何かあったとしたら……」

「何かあったとしたらって、何があるんで？」

高太郎の言葉の収まりを待たず、菊之助がつっ込みを入れる。

「そりゃ何があるか分からんけど、もし暴れまくられることでもおましたら、えらいこっちゃで」

「大家さん、この男の顔をよく見てみな。どこに鬼のような角が生えてるんだ？　それどころか、浅草寺《せんそうじ》の仁王《におう》様にも見えねえか」

仁王は執金剛神《しゅうこんごうじん》と呼ばれ、仏教ではお釈迦《しゃか》様の守護神と崇《あが》め立てられている。菊之助は、異人の大男を浅草寺の雷神ではなく、仁王様に喩《たと》えた。

「そうでんなあ……分かりました、ほなら菊之助はんの顔を立てまひょ」

否と言えるわけもなく、高太郎は同意をした。

「端《はな》からそう言えばいいんだよ」

そんな経緯があって、異人は菊之助の隣家で看病されることになった。


話は今に戻る。

「相変わらず変な言葉のうわごとが漏れるだけで、まったく目を覚まそうとしないよ。熱もなかなか下がらないので、今冷たい水を汲みに行こうとしてたところさ」

およねが再び立とうとしたのを、高太郎が止めた。

「ほなら、わてが汲んできてあげますわ」

江戸生まれで江戸育ちの高太郎が、ずっと上方弁で通すのは、三代前の先祖が大坂《おおさか》から来て材木屋を開業し、大坂商人としての矜持《きょうじ》もあってか、以来家訓として江戸言葉は禁じていたからだ。

「大家さんの言葉も最初に聞いたときは変だと思ったけど、この異人さんのうわごとはさっぱり意味が通じないね」

「そりゃそうでっしゃろ。異国の言葉やさかいな。それにしても、どこの国のお人やろか？」

「なんだかうわごとで『へるぷー』とか『おーのー』とか言ってるけど、大家さんにはその意味が分かるかね？」

「わてに分かるわけおまへんがな。おーのーってのは、人の名にも聞こえるようでっけど、へるぷーはなんだか……」

やはり高太郎も頼りない。

「いいから、早いとこ水を汲んできておくれな」

およねから催促され、高太郎は水桶を持って外へと出た。

井戸で釣瓶《つるべ》を引き上げているところに、背中から菊之助の声がかかった。

「水汲みを手伝ってくれてるんかい？」

「そうでんがな。あの異人はん、なかなか容態がよくならないみたいで……」

「もう、三日になるけど……兆安さんは必ずよくなると言ってるけど、どうもあてにならねえ」

　菊之助が考え込んだところに、さらに背後から声がかかった。

「何があてにならないって？」

　振り向くと、坊主頭の兆安が立っている。鍼灸治療の道具が入った薬籠《やくろう》を手にぶら下げている。

「いや、こっちのことで。どこか療治にでも……？」

　ばつが悪そうに、菊之助は話の先を変えた。

「あの異人のことなら、心配せんでも必ず回復するさ」

「なんや、聞こえておましたんかいな」

　高太郎が、苦笑いを浮かべながら言った。

「だが……」

　兆安の顔が、にわかに曇る。

「どないしはりました？」

それを高太郎は、不安げに問うた。

「だが、体は回復してもかなり心に打撃を受けているだろう。うわごとがそれを物語っている」

「兆安さんは、あの異人の言葉が分かるので？」

「ああ、ほんの少しな」

菊之助の問いに、兆安は小さくうなずいて答えた。

「しかし、すらすらと言葉を交わせるほどではない」

兆安が、自分の身の上話を語る。

「俺は江戸に来る前、長崎《ながさき》で西洋医学を少し齧《かじ》ったことがあった。だが俺にはあっちの医学はどうも肌に合わず、それで東洋の鍼灸医療を学んだってわけだ。そんなんで、片言くらいなら分かる」

兆安から、初めて聞く話であった。

「ほなら、あの異人はんのうわごとは何を言ってるんでおます？　『へるぷー』とか『おーのー』とか言ってるみたいでっせ」

「あれは英吉利《エギリス》の言葉でな……」

「エギリスって、この夏薩摩《さつま》と戦争した国かいな？」

この年の七月に勃発した薩英戦争のことは、江戸でも大きな話題となっていた。江戸の庶民までもそれを知ることになり、この国はどうなってしまうのかと大きく気を揉んだものだ。

その一年前の文久二年八月、武蔵橘樹《むさしたちばな》郡生麦《なまむぎ》村で薩摩藩島津《しまづ》家の行列の行く手を阻んだと、薩摩藩士が四人の英吉利人を殺傷した事件があった。俗にいう生麦事件である。それに端《たん》を発した戦《いくさ》は文久三年七月二日に勃発したが、その後の交渉で薩摩藩が賠償金を支払うことで終結した。

「すると、あの男は英吉利の人で……？」

「いや、それはなんともいえんな。同じ言葉は亜米利加《アメリカ》ってところでも使ってるしな。ペリーって知ってるか？」

「ええ。十年ほど前黒船でやってきて、この国を開国に導いた人ですよね」

十年前といえば、菊之助は元服《げんぷく》したばかりの十五歳であった。牛込は抜弁天近くにある本多《ほんだ》家の実家を飛び出し、内藤新宿《ないとうしんじゅく》の盛り場で遊び呆けていたころだ。ペリー来航の衝撃は江戸中に騒ぎを巻き起こし、幼い子供でも知るところとなった。

「そういえばあの男、ペリーの天狗のような顔にそっくりでんな」

高太郎も、絵草子でペリーの顔を見たことがあるという。

「ただ、英吉利と亜米利加はまったく別の国だ。そんなんで、あの男がそのどちらから来たのかは分からん」

「なんで兆安はんは、異国のことにそんなに詳しいんでおま？」

「ちょっと世間のことに目を向けていれば、子供でも知ってることだよ」

「菊之助はんは知ってたので？」

「ああ、そのくらいのことは常識として知ってるのが今日日《きょうび》の大人ってもんだ」

高太郎から顔を背《そむ》けて、菊之助が答えた。

「さいでっか」

自分の無知を恥じるかのように高太郎が菊之助を見ると、惚《とぼ》けるように空を見上げている。

――嘘のつけんお人やな。

高太郎は密かにほくそ笑むと、顔を兆安に向けた。

「ところで、さっきの『へるぷー』とか『おーのー』ってのはどんな意味なんでっしゃろな？」

「そうだな、おそらく『へるぷー』ってのは、助けてくれって意味だろ。それと『おーのー』ってのは、俺はもう駄目だとでも言ってるんだろ」

「おーのーってのは、小野《おの》って人の名ではなかったので？」

「まったく違うな」

「それじゃ『おーまいごー』ってのは……？」

「それならおれでも分かる」

　菊之助が割って答える。

「ほう、どないな意味なんで？」

「あれは『俺は迷子になって困っている』って意味だな。要するに、路頭に迷い動けなくなって、木戸のところに倒れていたってことだ。そこに『助けてくれ』ってくれば、言葉に辻褄《つじつま》が合うだろ」

「さすがでんな、菊之助はん。しかし、迷子ってのはこの国の言葉だっせ」

　菊之助と高太郎のやり取りを聞いて、兆安の顔がにやけている。

「菊ちゃんの答はあながち間違ってはないけど、『おーまいごー』ってのは、神様お願いってことだろ」

　一昔前ならキリシタンへの弾圧は激しく、異国の宗派であるキリスト教の言葉を使うだけでも首が刎《は》ねられた時代である。鎖国令が解除されて、いく分は柔和《にゅうわ》になっているが、まだまだ異国文化の受け入れは庶民にとってほど遠いものがあった。

「占い師の元斎さんが、御番所に届けないほうがいいと言ったのは、おそらくキリシタンの言葉を聞かせたくなかったからだろ」

「そういうことだよ、大家さん」

菊之助が、兆安の言葉に乗せた。

「なるほど、合点がいきまんな。だったらなおさらあの異人のことは外には漏らせまへんな」

「とにかく元気になったら、黙って出ていってもらえばいいさ。それまでけったいな長屋の人たちで精一杯、できるだけのことをしてあげようじゃないか。同じ人間だからな」

「さすが菊ちゃんだ、いいこと言う」

兆安が褒《ほ》めたところで、背後からおときの声がかかった。

「大家さん、水を汲むだけでいつまでかかってるんだい？　ぐずぐずしてっから、水がお湯になっちまったじゃないか」

「こりゃえろうすんまへん。すぐに持っていくさかい……」

井戸に落とした釣瓶の綱《つな》を、高太郎は急いで手繰《たぐ》り上げた。

三

菊之助と兆安も加わり、五人の目が異人の寝ている姿を見やっている。

およねが冷たい水を絞り、異人の額に載せたときであった。パチッと音を立てて、異人の目が見開いた。

「おわっ！」

瞬間およねは慄《おのの》き、あらぬ声を上げて三尺うしろに飛び退《の》いた。

「どうした、およね？」

亭主である兆安が、驚く女房のおよねに問うた。

「こっ、この人……目が真っ青」

異人を指差し、腰の引けたおよねの声音が震えている。

「目を開いたのか？」

「えっ、ええ……」

兆安が異人の顔を真上から見やった。

「気を取り戻したようだ」

額に掌をあて、熱を測るとだいぶ下がっている。

「よし、これでひと安心だ」

兆安が、太鼓判を捺《お》した。

「おまえさん、気をつけてよ。相手は、赤鬼だから」

目が覚めたら何をするか分からない。その怯えがおよねの言葉に出ている。

「よく顔を見ろ、色が白くなってるだろ。鬼なんかじゃない、正真正銘の人間だ」

「でも、目が真っ青」

「英吉利か亜米利加って国の人だろう。これらの国の人たちは、肌の色が白く、髪の毛は黄色で、目が青い人が多い。だから、驚くことはないさ」

「でも、怖い」

「起きたら何をされるか分からないよ、兆安さん」

おときの顔も青ざめている。

「万一のことがあったら、ここに菊ちゃんがいるじゃないか」

異人が暴れ出したら菊之助の出番だと、兆安は暗に仄《ほの》めかした。

「ああ、任せておきな」

怖がるおよねとおときに、菊之助は二の腕までめくり落ち着き払った声音《こわね》で言った。

その腕には、緋牡丹の彫り物が一輪描かれている。傍《かたわ》らには、念のためと木剣が置かれている。それで安心したか、およねが慄く体を元に戻した。

「Where is here?」（ここはどこですか？）

うわごとでない、第一声が異人の口から聞こえてきた。しかし、何を言っているのか、菊之助と高太郎にはまったく分からない。おときとおよねは、なおさらである。

「なんて言ってるんです？」

菊之助が兆安に問うた。

「さあ？　あんなに早口だと分からねえ」

「さっきは少しくらいと言ったでおまへんか。なんだか、頼りになりまへんなあ」

「プリーズ　スピーク　スロースロー」

すると、兆安が異人に向けてゆっくりした口調で話しかけた。これには女房のおよねも驚く。およねばかりでない、おときも驚きで目を剝《む》いている。

「Where…is…here?」

異人が、言葉を区切って言う。

「ジス　イズ　エド　アサクサ」

ゆっくりであれば、なんとか通じる。兆安が、どうだと言わんばかりに顔を四人に向けた。

「それで、どない言ってますんで?」

「ここはどこかと訊かれたから、江戸の浅草だと答えた」

「へえー、さすがでんなあ」

高太郎の感心した声に、およねの鼻がいく分高くなっている。

「たいしたもんだねえ、あんたの亭主」

おときの感心も仕切りである。

「それほどでも……」

およねの鼻が、上を向きっぱなしである。

「ちょっと静かにしていろ」

目が覚めたといっても、異人の声には力がない。耳を近づけないと、聞き取れぬほどの小声だ。

「I am hungry」(お腹が空いた)

「オー　イエイエ」

口にしながら、兆安がうなずいている。その様《さま》に、およねが首を傾げた。

「おまえさん、いえいえなんて言って、なんでうなずいてるんだい？」

「俺は、はいはいって答えたんだ」

「いえいえとはいはいは、同じ意味でっか。なんだか、ややこしいもんでおますな」

「向こうの言葉でイエイエってのはイエス……まあ、そんなのどうでもいいだろ。いちいち説いてたら、日が暮れちまう。この異人さん、腹が減ったと言ってるぞ」

けったい長屋に辿り着き、そのまま気を失った。その後三日の間、何も食していない。それ以前からずっと、空腹で時を過ごしていたと思われる。

「あらいけない、お粥《かゆ》を作ってあったんだ」

いつ目が覚めてもいいようにと、粥を炊《た》いてある。およねが自分の家に、それを取りに向かった。

「この異人はん、お粥なんて食べまっか？」

「なんで、そんなことを訊くんで？」

首を傾げる高太郎に、菊之助が問うた。

「ものの本によりますと、あっちのほうの人は獣の肉を食ってると書いてありましたで」

「ずいぶんと、恐ろしいもの……野蛮な人たちなんだねえ」

おときが、顔を顰めながら言った。

「亜米利加って国では、牛の肉が主食だっていうからな、別に野蛮ではないさ。国それぞれに、食の文化ってのがあるから。ところ変われば、食い物だって違ってくる。この国だって、蛸《たこ》を美味《うま》い美味いと言って食うだろ。異国では気味悪がって、絶対に蛸を食ったりはしない」

兆安が、食文化の違いを説いた。

「おれも昔、一度だけ牛の肉を食ったことがあるな。牛込の実家にいたとき……」

菊之助の実家は、徳川四天王本多平八郎忠勝《へいはちろうただかつ》を祖とする本家の末裔《まつえい》である。五千石大身旗本本多平左衛門《へいざえもん》の四男に生まれた菊之助は、小さいころは裕福な家庭に育った。

「どないでした、牛の味は……？」

「固くて、歯が立たなかったのを憶えてる。もっとも、おれがまだ十歳くらいのころだったから」

すると、寝ている異人が声を発している。

「Steak Steak, I want to eat steak」（ステーキが食べたいです）

小さい声であったが、場にいる皆の耳に届いた。

「すてきな物なんて、菊ちゃんの着物以外何もありゃしないよ」

おときが周りを見回して言った。

「もしかしたら、あたしのことを見て言ったんかい。やだねえ、この異人さん」

おときが恥じたか、顔が薄紅に染まっている。

「いや、ステーキってのは素敵って意味じゃない。牛の肉を分厚く切って焼いた物だ。そのステーキを食いたいと言ってる」

「そんなもん、ここにはないよ。それにしても、兆安さんはなんでも知ってるんだね。うちの宿六《やどろく》とはえらい違いだ」

おときが亭主の定五郎をこき下ろした。

「それはいいとして、お粥が遅いな。何をしてるんだ、およねの奴？」

「ちょっとあたしが見てきてやるよ」

おときが立ち上がり、外へと出た。するとすぐに、血相を変えて戻ってきた。

「たっ、大変だよ……」

おときが、慌てふためいている。

「どうかしたんかい？」

「そっ、外にお役人が四、五人立っているのさ」

「お役人だって……なんでだ？」

「そんなこと知るわけないがね。知りたきゃ、菊ちゃんが直《じか》に出てけばいいだろ」

「そりゃそうだ。だったら、おれがちょっと様子を見てくる。もしかしたら、この異人のことかもしれねえ」

思い当たる節は、そのくらいしかない。やはり隠しておいてもどこかで漏れるものだと、菊之助は思った。役人との受け答えをどうしようかと、考えながら障子戸を開けた。

菊之助が外に出ると、長屋の木戸を塞《ふさ》ぐ形で六尺の寄棒《よりぼう》を持った捕り方が四人立っている。

——もしや、異人のことで？

不安が、菊之助の脳裏をよぎる。

あたりを見回すと、十手《じって》を掲げた定町廻り同心らしき役人が、岡っ引きを従え大工政吉《まさきち》の家の戸を開けようとしている。

向かいの棟の、右から二軒目が政吉の住まいである。一軒一軒、聞き込みに回っているものと思われる。だが、御用の意図がなんであるかは分からない。異人が関わるとは、菊之助が勝手に思っていることだ。

「何かあったのですかい？」

　菊之助が役人の背後から声をかけた。すると、同心と岡っ引きが同時に振り向いた。

「あれ、菊之助じゃねえか。おめえ、こんなところに住んでるんか？」

　言葉を発したのは、三十代の半ばに見える岡っ引きであった。

「これは、伝蔵《でんぞう》親分」

　菊之助と岡っ引き伝蔵は顔見知りであるが、町方同心のほうは覚えがない。初めて見る顔である。

「この長屋で捕り物でもあるんですかい？」

　菊之助が、どちらとも問わずに訊いた。すると、三十にもなろうかという同心が口にする。

「おめえ、この長屋の者かい？」

「ええ、そうですが」

「女みてえな、ずいぶんと派手な形《なり》をしているじゃねえか」

　この日の菊之助は、弁柄《べんがら》色の地に菊の花の小紋があしらわれた袷《あわせ》を纏《まと》っている。下に着るのは、有松《ありまつ》蜘蛛《くも》絞《しぼり》の真っ赤な襦袢《じゅばん》である。女物の衣装で無頼を気取る。

「ええ、おれの道楽なもんで」

「まあ、そいつはどうでもいいがな。俺は北町奉行所の五十嵐大助《いがらしだいすけ》ってんだが、最近この付近を見廻り出してな、よろしく頼むぜ」

同心が、自ら名乗った。顔が長く、しゃくれた顎《あご》に特徴がある。

「おれは、菊之助っていいやす。それで、きょうは何用で……？」

「伝蔵から聞かせてやってくれ」

五十嵐が顎でもって、伝蔵に話を促した。齢は伝蔵がはるかに上だが、身分は武士と町人である。

「五日ほど前、田原町《たわらまち》の米問屋に押し込みが入ってな、家人と奉公人四人を殺して五百両ほど盗んでいきやがった。六人ほどの徒党で、まだ誰も捕まっちゃいねえ」

「ああ、あの事件ですか。まだ、下手人《げしゅにん》は捕まってないので？　それにしても、聞き込みのわりには、捕り方を率いてくるとはえらく物々しいですね」

菊之助が、木戸のほうに細目を向けながら言った。首を少し傾けているのは、いく分の不安を抱えているからだ。押し込み一味の目星がついていなければ、捕り方などを引き連れては来ないはずと菊之助は踏んでいる。

――あの異人が……押し込みの？　まさか……。

やはり異人が関わるのかと、菊之助の脳裏によぎる。だがそれにしては、役人たちは落ち着き払っている。

「何を考えているんだ？」

問うたのは、同心の五十嵐である。奥に凹《くぼ》んだ目から、鋭い眼光が放たれている。下手《へた》な答え方をすると、かなりつっ込まれると菊之助は、気持ちの中で身構えた。

「いや、なぜにこんなところに捕り方役人を連れてくるのかと考えてましたんで。まさか、ここに押し込みの下手人がいるとでも……？」

「いや、そうじゃねえんで」

答えたのは伝蔵である。小太りで、鼻が上を向き、なんとも愛嬌《あいきょう》のある顔をしている。強面《こわもて》を武器にする岡っ引きとしては少々頼りなさそうだが、ところがどっこい、かなりのやり手と世間では噂されている。伝蔵は『雷の親分』とも呼ばれる二つ名を持つ。

四

伝蔵が、押し込み事件の内容を語る。

「生き残った奉公人の話では、一味の中にものすげえ大男が交じってたらしいのでな」

「……大男？」

「なんでえ、菊之助は知ってるんか？」

菊之助の呟《つぶや》きを聞き逃さず、伝蔵が問うた。

「いや。大男と聞いて、どのくらいなもんだと思ったものでして」

「それがな、蝦夷《えぞ》の羆《ひぐま》か相撲取《すもうと》りかっていわれるほど大きくてな、かなり凶暴な男だってんだ」

蝦夷の羆といわれても、菊之助は実際に見たことはない。話では聞いたことがあるが、それがどれほどのものか頭の中で想像を巡らせるだけだ。

「図体の大きさもそうだがそれがまた気性が荒くてな、大鉈《おおなた》を振るい三人に襲いかかって殺《や》っちまったそうだ。必死に逃げて助かった奉公人から聞き込んだ話だ。それで蝦夷の羆に喩《たと》えたんだが、そんな大柄な野郎を見たことねえか？」

伝蔵の話から、今菊之助の部屋の隣で寝ている異人が一味の一人として浮かんでくる。だが、異人については、話の中で一切触れてはいない。それと、菊之助が一味の男と違うと感じるのは、あの異人はそれほど凶暴とは思えないところだ。それと、あの変わった風体《ふうてい》では生き残った奉公人も気づくはずだ。

盗賊と異人は関わりがないと、菊之助は思った。だが、役人はそんなことにはお構いなしだ。ただ図体が大きいというだけで、疑いを持つ。

「捕り方を従えてるってのは、もしそんな奴を見つけ捕らえようとしても、暴れられたら手に負えなくなるからな、そんな用心からってところだ」

「なるほど。それで、盗賊一味たちの顔は知れてるんで？」

「いや、ご多分に漏れず盗人被《ぬすっとかぶ》りで顔を隠し、誰の顔も分からねえと。憶えているのは、ゆうに六尺は超える大男の図体だけだってことだ」

ここで異人を突き出したら、間違いなく盗賊一味の一人として捕らえられるだろう。しかし、体が大きいというだけで、ほかに疑うものは何もない。大男だという以外に一つでも異人の特徴を挙げられれば、そんな極悪人を庇う必要はないと、この場で突き出すつもりであった。

――大男ってだけではなあ。

下手人と異なる点が、いくつも思い当たる。一つには、着ているものが明らかに違う。それと言葉や目の色、髪の毛の色からも違いが分かるはずだ。

「この長屋には、そのような男は誰も来ませんでした。もし見かけましたら、真っ先に番屋に報せますよ」

とりあえずは、異人を庇うことにした。

すると、同心の五十嵐が足を一歩前に踏み出して言う。

「いや、念のため一軒一軒聞き込んで廻ってるんだ」

虱潰《しらみつぶ》しに探索すると、五十嵐が息巻く。十手の先を、菊之助の鼻先に当てて言った。

「大男がいたら、その場でとっ捕まえる。そのためにわざわざ捕り方を連れて……」

「旦那」

五十嵐の口を途中で遮《さえぎ》り、袖を引いたのは岡っ引きの伝蔵であった。長屋をぐるりと見回すと、各家の戸口が開いて住人の目が三人に集中している。みな一様に、何ごとがあったのかと不安げな顔を向けている。

「田原町の米問屋に押し込んだ盗賊の一味が逃げ込んでいないかと、お役人さんたちが聞き込みに来たんだが、そんな怪しい奴誰も知らないよな？」

長屋中に響き渡る声で、菊之助が問いを発した。すると、一斉にうなずきを見せた。

「これじゃ、一軒一軒探り廻ることもねえな」

「だったら、ほかを廻るとしますか？」

「そうだな、無駄に時を過ごすだけだ」

伝蔵の進言に、五十嵐が同意した。

「何かあったら、必ず報せろよ」

そう言い残し、役人たちはけったい長屋から引き上げていった。


役人たちの姿が見えなくなったところで、菊之助は異人が寝る部屋へと戻った。

「この異人、米問屋を襲ったっていう盗賊の一味じゃないんかい？」

伝蔵の声が大きく、話の筋は外に出ていた住人たちの耳に届いている。菊之助が戻るなり、おときが訊いた。

「おれも一瞬、もしやと思った。だけど、もしこの異人が一味だとしても、今引き渡すわけにはいかねえでしょ」

「なんでだい？　三人も四人も大鉈で殺した極悪人とあっちゃ……」

おときの恐れは尋常ではない。異人に目を向けながら、その顔は青ざめている。それでも、役人には黙っていた。心の奥底では、やはり痛んでいる人間を無下《むげ》に突き出すわけにはいかないとの思いがあった。

おときや住人たちの恐怖心を、取り除いてあげなくてはならない。

「いや、この異人は盗賊の一味じゃない」

菊之助は、決め付けるように言った。その口調は、自信ありげである。

「なんで、そう言えるんだい？」

「あのお役人たちは、一言も下手人の一人が異人だってことを仄《ほの》めかしちゃいない
……それが一つ」

「二つ目ってのは、なんだい？」

「ここで倒れていたときの格好を思い出してみな。大鉈で人を斬りつけたとあっては、もの凄い返り血を浴びてるはずだ。この異人が着ていた物に、そんな形跡はまったくなかった」

「そうだな、菊ちゃんの言うとおりだ。だが、着替えたってこともありうる。それに、覆面で顔を隠してたんじゃないのか？」

疑問を呈したのは、兆安である。

「ええ。ですが、覆面で顔を隠したとしても、目だけは隠しきれませんでしょ。この青い目を、助かった奉公人だって憶えているでしょうし。それを役人に告げなかったっていうことは、この人ではないってことです」

「わてでも、三つ目は思い当たりまっせ」

高太郎がしゃしゃり出て言う。

「五百両も盗んだ盗賊の仲間だってのに、あんな腹を空かしてるってことはありゃしまへんで」

「四っ目は、言葉が……」

「もういいよ、菊ちゃん」

菊之助の話を、おときが止めた。

「あたしゃ、得心《とくしん》したから。疑って、悪かったよ」

だが、おときは納得しても、菊之助の首はまだ傾げている。

「そんでも、まだ何か……？」

腕を組んで考える菊之助に、高太郎が問うた。

「いやな、そんな凶悪事件に途轍《とてつ》もない大男が絡んでいるってのに、なんですぐにこの異人は捕らえられなかったんだ？　こんなに目立つ格好だし、真っ先に疑ぐられるだろうに。それに、押し込みがあったのが五日前。おれがここで見つけたのは三日前。いくらなんでも、こんな男が浅草界隈で腹を空かして二日もふらふらしてたら、誰も気づかないってわけはないだろ」

「そういえば、そうでんな。この異人はん、とっくに捕らえられててもおかしくはありまへんな」

どこから、どうやって浅草諏訪町《すわちょう》に来たのか、それが不思議であった。

「それに、着ている物にたいして汚れはない。おそらくこの異人は、五日前に……いや三日前には浅草にはいなかったってことだ。長屋の木戸に倒れていたのは、あの夜初めて浅草に来たんだろう」

「そのへんのことを、直《じか》に聞いてみたら……」

「いや、無理だな」

高太郎の言葉に、兆安は首を振った。

「いくら片言を話せるからといって、俺が話せるのは挨拶《あいさつ》程度だ。そんな深い事情《わけ》まで言葉は通じはしないよ」

兆安が言ったところでガラリと音を立て、いきなり戸口の障子《しょうじ》が開いた。

「お粥を温《あたた》め直してたんでね……」

およねが、土鍋を持って入ってきた。

「なんでぇ、かかあか。脅《おど》かすんじゃねえ」

役人が戻ってきたかと身構えた兆安が、ほっと安堵の声で言った。

仰向《あおむ》けになって寝ている異人の目が見開き、天井板にある節穴一点を見つめている。

ごにょごにょと、口が動いている。

「何か話しているようだね」

およねが、異人の口の動きに気づいた。兆安が、異人の口に耳を寄せた。

「ホワット　アー　ユー　セイ？」

何が言いたいのだと、兆安が問うた。

「まこと流暢《りゅうちょう》でおまんな」

高太郎が、たいしたもんだと感心した口調で言う。

「それだったら、いろいろ訊くことができまっしゃろ」

「大家さん、少し黙っててくれ」

兆安が振り向いて言った。

「へえ、えろうすんまへん」

一言二言、異人と言葉を交わしてから兆安が体を起こした。

「およね、早くお粥を食わせてやりな。腹が減ったと言っている」

「でも、体を起こしてやらなきゃ……」

菊之助と兆安の手で、異人を起こしにかかった。もしかしたら暴れるのではないかと、一抹の不安を抱えたものの異人の動きにそんな素振りはない。

「Thank you」

と、異人から一声かかる。

「なんやねん、三九《さんきゅう》って？　賽子《さいころ》の目にはありまへんで、九の目は」

「賽の目じゃなく、ありがとうって礼を言ったんだ」

兆安が、意味を答えた。

「難しゅうおまんなあ、異国の言葉って。それにしても、でかい図体でんな」

上半身を持ち上げただけでも、頭一つずず抜けている。顔を上に向けて、高太郎が言った。

座りながら粥を食べさせるには、およねは茶碗と箸を頭上まで持ち上げなくては手が届かない。

「あたしゃ、立ち上がるよ」

およねが立ち上がっても、頭の高さはさほど変わらない。

「まるで、大仏様だね」

およねと目が合った瞬間、異人の顔が和《なご》んだ。

「あら、笑ったよ。おっかない顔をしてるけど、意外と可愛いもんだね」

「Hello」

「なんだい、やろうって。あたしゃ、女だよ」

「こんにちはって、挨拶をしたんだ。およねの聞き間違いだ」

「ああ、そうかい。だったらハロー、これをお食べよ」

言って匙《さじ》で掬《すく》った粥を、異人の口の前に差し出した。

「Very delicious!」

「何を言ってるか、ちんぷんかんぷんだ」

「たいへんうまいって言ってる」

「そうかい、それはよかった」

亭主の通訳に、およねがにっこりとする。

「Smile is very pretty!」（笑顔がとてもかわいい）

「なんて言ったんだい、おまえさん？」

「いや、よく分からねえ」

なんだかんだ、ざわめきながらも異人は鍋一杯に作った粥を食べ尽くすことができた。

「Thank you for your kindness. I don't know how to thank you」（おかげで助かりました　なんとお礼を言っていいか分かりません）

元気が出たか、異人の言葉が早口となった。こうなると、兆安にも手がつけられない。

「なんて言ったんだい？」

およねの問いが亭主に向いた。

「いや、こうなったらもう分からねえ。ただ、感謝しているのは確かなようだ」

異人を見ると、いく度もいく度も、張子《はりこ》の虎《とら》のように頭を上下させている。言葉が分からなくても、心は通じている。

「……この人から、細かい事情を聞くのは無理なようだな」

菊之助が、独り言のように口にする。同時に、この異人を助けたい一心に菊之助は駆られた。そして、兆安に向けて言う。

「異人さんだと親しみが湧かないんで、名を訊いてもらえませんかね」

「そうだな」

兆安の顔が異人に向き、そして異国語で問う。

「ホワット　ユア　ネーム？」

「Oh! My name is George Lincoln. My uncle is the president of the United States」

（私の名はジョージリンカンです。私の伯父《おじ》はアメリカの大統領です）

「私の名はジョージリンカンって言ってるけど、あとは何を言ってるかさっぱり分からねえ」

兆安が両手を広げ、お手上げといった所作を示した。

「だったら、おれたちは丈治《じょうじ》って呼ぶことにしよう」

菊之助が、無理やり日本名を当て込んだ。

「さて、丈治を今外に出したらたちまち捕まって、押し込みの一味にされちまう。言葉が交わせないので、無実を証明することもできないだろ。丈治が無実だってのは、こっちが勝手に言ってることだ。御番所にとっては、そんなこと関係ねえ。そんじょそこいらにはいない大男だけに、夜盗の一味としてすぐさま獄門打ち首にされちまう」

菊之助が、困惑した表情で言った。それを見て、丈治が眉間《みけん》に皺《しわ》を寄せ、心配そうに顔が歪んでいる。

「What's wrong?」

「どうかしましたかって、訊いてる。かわいそうに、不安なんだろ」

兆安が、丈治の心情を訳した。

「ドント　ウォリー　プリーズ　スリープ　スロースロー」

心配しないで、ゆっくり寝ていなさいと兆安が促す。

「Thank you very much」

丈治が、再び床に横になった。そこにおときが、寸足らずの掻巻をかけると、丈治は安心したのか、ゆっくりと目を閉じた。

「少なくとも、下手人の一味に間違えられるのだけは阻止してやらないとな。さてと、どうしたものやら」

腕を組んで、菊之助は思案に耽《ふけ》った。

「でしたら、こないしたらどうでっしゃろ」

高太郎が、案を出す。

「大家さんに、何かいい案があるかい？」

「わてらみんなして、押し込みの一味を見つけ出したらよろしいでんがな」

ここぞけったい長屋の出番だと、菊之助たちも賛同する。

「なるほどな。さすが大家さんだ、いいこと言うぜ」

町方同心と岡っ引きが虱潰しに捜しても、見つけることのできない盗賊一味である。

ここにいる丈治が見つかる前に、大男を捕らえなくてはならない。

五

その夜菊之助は、長屋の男衆《おとこし》を集めた。

顔ぶれは、八人。菊之助、高太郎、定五郎に兆安。そして占い師の元斎、将棋の真剣師天竜、博奕《ばくち》打ちの銀次郎《ぎんじろう》、大工の政吉が狭い六畳の部屋に一堂に介した。

みな、異人の丈治のことは聞き及んで知ってる。

「そういうことで、みなさんに助《すけ》てもらいたい」

菊之助が、大まかに事を語ってから願いを乞うた。

「田原町の米屋の押し込みか。だったら……」

真っ先に反応を示したのは、博奕打ちの銀次郎であった。菊之助とは同じ齢で、丁半博奕での壺振りの名手である。

「銀次郎に、思い当たる節でもあるかい？」

「そいつが押し込み一味と関わりあるかどうか分からねえが、ちょっとしたことでも気づいたことがあったら、確かめるのが鉄則だろ？」

「ああ、そうだ」

菊之助と銀次郎のやり取りを、六人が黙って耳を傾けている。

「昨夜、阿部川町《あべかわちょう》の三島《みしま》一家の賭場《とば》に来た客で、身形《みなり》にそぐわねえちょっと大きな張り方をしていた奴がいてな、あれはどうみたってあぶく銭を手にしたって……」

「それだけじゃ銀次郎、押し込みの一味だとは限らねえだろ。それに、盗んだ金はすぐには使わねえもんじゃないのか？」

銀次郎の話に横槍を入れたのは、担ぎ呉服屋の定五郎であった。

定五郎の問いに、銀次郎はこう言い返す。

「それがね定五郎さん、盆茣蓙《ぼんござ》の前に長年座ってると、人ってのがよく見えてくるもんなんですよ。駒札の張り方一つにしても、金に忙しいかどうかが分かるんでさあ。きのうの奴は、明らかにおかしかった。大きな金を盗んできたか、拾ってきたか……いずれにしても、身銭を割《さ》いて賭《か》けた様子ではねえ、あぶく銭だ。町人の中で、遊びにかまけてあんな大金を張る奴は、今まで見たことがねえ」

「阿部川町と田原町は近いな。そいつの名は分かるか？」

以前三島一家の賭場に菊之助が乗り込んで、貸元玄吉《げんきち》親分に向けて啖呵《たんか》を吐いたことがある。銀次郎の話に、菊之助はピンとくるものがあった。

「だったら、中盆《なかぼん》の茂三《しげぞう》さんに訊いたら分かるかもしれねえ」

翌日、銀次郎と菊之助で三島一家を訪れようということになった。

六尺以上もある大男は、まだ見つかっていない。

「さほど遠くには行ってないな」

真剣師天竜の、読みである。

歩いているだけでも目立つ男である。その行方が分からないってことは、外にも出ずにどこかに隠れているものと考えられる。

「なんで、そう言えます？」

含み笑いを浮かべながら、菊之助が天竜に問うた。

「将棋でいえば、三手先を読むぐれえ簡単なことだ」

見事に禿《は》げ上がった頭をうなずかせながら、天竜が口にする。その三手先の読みを、七人が黙って聞いている。

「舟で逃げるには、田原町から大川《おおかわ》までは五町以上もある。宵になってもまだ人の通りの多い浅草寺界隈を突き抜けるのは到底無理だ。なので、逃げたのは大川とは逆方向。西に向かえば、その先はずっと寺町で寂しいところだ。逃げるに都合がいいってのが、俺の読み筋だ。しかも、そんなに遠くないところに今は隠れている」

「その考えなら、おれとも一致しますぜ」

菊之助が、間髪《かんはつ》いれずに同調した。それと同時に奉行所の同心たちの探索が、いかに浅はかなのかが知れる。事件から五日以上が経つというのに、なんの手がかりもつかめていないのが現状だからだ。

「近ごろの役人は、なんとも情けねえ」

世の中の変化が激しく、治安が乱れに乱れている。

「役人たちがだらしねえおかげで、今日日江戸は、悪人どもには住みよい町になってるぜ」

天竜の憂いが、町奉行所役人への非難へと向いた。

「だとしたら、逃げ込んでるのはどこかの寺じゃねえですかね？」

口を出したのは、大工の政吉であった。

「大いに考えられるけど、寺の和尚《おしょう》が極悪人を匿うなんてことをするかい？」

政吉に問うたのは、定五郎であった。

「政吉の考えは、いいね」

菊之助は、政吉に同意する。

「寺ってのは寺社奉行の管轄で、町方は踏み込めないところだ。武家でも寺でも踏み込める火盗改《かとうあらた》めは、今はあってないような体《てい》たらくで、役所の用をなしていない。そんなんで、寺に潜《ひそ》んでいるってのは、大いに考えられるでしょうよ」

だんだんと、絞り込めてきたと菊之助は話を添えた。

「ですが、東本願寺《ひがしほんがんじ》から先は下谷《したや》、上野《うえの》までずっと寺町だっせ。かなりの寺がありまっせ。そんなところに隠れている者たちを、どうやって見つけるんや？」

高太郎の上方弁の問いに、菊之助は小さくうなずきを見せた。

「そこでみんなして知恵を絞るのが、けったい長屋の力ってもんだ」

八人の知恵を合わせれば、必ず下手人に辿り着くと菊之助は気持ちを鼓舞《こぶ》した。

「夜盗の一味は寺に押し入り、おそらく和尚を脅してるんだろうよ」

「そうも考えられるが、廃寺ってこともあるな」

兆安と定五郎がそれぞれに考えを出すも、どちらかとは決め付けることができない。

やがて、夜四ツを報せる鐘の音が、浅草寺の方から聞こえてきた。町木戸が閉まるころだが、みな一つところに住む長屋の連中である。そんなことは気にせずに、ますます話に夢中となった。

「いずれにせよ、寺を虱潰しに探るってのは無理だな。何か、いい方法はねえもんかな？」

天井を見上げて、銀次郎が考えている。そこに「ウォッホン」と、咳払いが聞こえた。これまで黙って話を聞いていた、占い師の元斎であった。

「そろそろ小生の出番かの」

八卦でもって、夜盗の居所を占うという。

「どことは特定はできんがな、どの辺というところまでは卦《け》でもって探れるだろ」

「そこまで知れれば十分ですぜ。だったら早いところ、卦を出してくれねえかな」

天竜が、元斎を急《せ》かせた。二人とも似通った齢なので、言葉に遠慮がない。

元斎の卦見では、東本願寺の西側を流れる新堀川《しんぼりがわ》を渡りその先南北五町、東西五町の範囲内に潜んでいると出た。

「すまんが、占いに頼れるのはここまでだ」

「そこまで絞れれば、充分です」

元斎の卦見はよく当たると、菊之助は信じている。以前も占いに頼って、詐欺師《さぎし》を捕まえたことがある。

「だけど、五町四方ともなると、ずいぶんと広いな。その中に、寺はどのくらいある？」

「数えたこともねえんで、分からねえ」

兆安の問いに、定五郎が答えた。

「菊谷橋《きくやばし》から西に五町というと、下谷廣徳寺《こうとくじ》から幡随院《ばんずいいん》あたりまで入りますね。今、そのあたりが仕事の現場なんで、あっしが当たってみますわ」

大工の政吉が、身を乗り出して言った。まだ、二十歳をいく分過ぎたあたりの若者であるが、この年の中ごろ男の子が生まれ一児の父親となったので、仕事に一段と張りをもたせている。

「すまねえな、忙しいってのに」

「なあに、気にすることはねえですよ、菊之助さん。大工の手間は空いてくるところでして、少しくらいなら抜け出して界隈《かいわい》を探ることとくらいできまさあ」

政吉が一役立ちたいと腕をめくり、金槌を振るう太い腕《かいな》を見せつけた。

「寺町じゃあんまり商いにはならねえけど、俺は寺町通りから北を探ってみるわ」

寺町通りは上野寛永寺《かんえいじ》門前町から浅草田原町を結ぶ、東西約十三町に亘《わた》る通りである。

「だったら俺は、その南側を探るわ。坊さんだって肩がこるだろうから、灸でも据《す》えませんかと言って、一寺一寺歩いてみる」

定五郎と兆安が、寺町の探索を買って出た。

「俺は何をするかな？」

将棋指しでは、こういうときにつぶしが利《き》かないと、天竜が嘆く。

「いい手がありまっせ、天竜はん」

何を思いついたか、高太郎が天竜の耳元で囁《ささや》いた。

「ほう、そいつは面白そうだな」

天竜がうなずき、高太郎の策に乗る気配を見せた。

「大家さん、何がいい手なんだか聞かせてくれないか？」

菊之助が、高太郎に問うた。

「天竜はんの頭でんがな」

高太郎が思いついた策を菊之助に聞かせると、「なるほど」とうなずいた。

それぞれが役割を分担し、翌朝から動こうということになった。

話がまとまり塒《ねぐら》に戻ろうとしたときには、日付の変わる真夜中九ツ『子《ね》』の刻となっていた。

六

職人の朝は早い。

真っ先に寺町に向かったのは、大工の政吉であった。

現場は下谷幡随院からさほど離れていない『法願寺《ほうがんじ》』という、法念教《ほうねんきょう》の寺であった。

法念教とは聞きなれない名だが、日蓮《にちれん》の法華《ほっけ》の教えを経典にした新興の宗派である。十年ほど前に古い廃寺を手に入れ、そこを本山としていた。敷地は幡随院の十分の一もない、小さな寺である。

本堂では、朝早くのお勤めがはじまっている。題目を唱える教祖の声が、普請現場にも聞こえてきた。

政吉が携わっている仕事は、庫裏《くり》の建て替え普請であった。

この朝政吉は屋根の天辺《てっぺん》である棟《むね》に上がり、野地板《のじいた》を打ち付けていた。それが済めば、あとは瓦屋《かわらや》に仕事を任すことになる。政吉は、その仕事を昼前までに済ませるつもりであった。それが終わると、もう屋根に上ることはない。

日が高く昇り、あと五枚も野地板を据えれば地面に下りて昼めしを食おうというところになった。そして、野地板を打ち終え屋根での作業が終わった。

天辺に登ればかなり遠くが見渡せる。政吉は、一段落した安堵感からしばし呆然と遠くの景色を眺めた。

そこから東を向けば、浅草寺の五重の塔が見渡せる。そして、西には徳川家菩提寺《とくがわけぼだいじ》である寛永寺の本堂が、上野の山に聳《そび》え建っている。その先は、遠く富士の山まで見渡せる。

丸太の足場は、棟の上まで組まれている。政吉が大工道具を肩にかけ、丸太に足を乗せようとしたところであった。

「おや？」

法願寺の北隣は、土塀を挟んで廃寺である。普段は人のいないところに、人影が見えた。

「あんなところに、人がいやがる……もしや？」

政吉は、思い当たる節を感じると急いで足場を下りた。

そのころ菊之助と銀次郎は、阿部川町で一家を張る三島一家の宿《やさ》を訪れていた。

「菊之助じゃねえか、久しぶりだな。きょうは、女形《おやま》の形《なり》じゃねえんか？」

「ええ。ここぞといったときにしか女形にはなりませんで」

それでも菊之助の着姿は、弁柄色の地に菊の小紋があしらわれた、派手な袷で身を纏っている。

「そうはいっても、ずいぶんと派手な形だな」

貸元の玄吉が、表情を緩《ゆる》ませ上機嫌で菊之助を迎え入れた。

この年の春ごろ、二人は一畳の盆茣蓙を挟んで、命を懸けた賽《さい》の目勝負をしたことがあった。今は、そのときの遺恨はまったくなく、むしろ玄吉は菊之助の度胸に惚れ込んでいる。

「なんでえ、おめえたちは知り合いなんか？」

命を懸けた勝負に、賽壺を振ったのは銀次郎であった。菊之助とは見知らぬ者同士の触れ込みで、銀次郎は勝負に立ち会ったのである。

「へえ、てめえも菊之助さんの気風に惚れ込みやしてね、あれ以来付き合わせていただいてやす」

同じ長屋に住んでいることは、玄吉には伏せてある。銀次郎は、その話題からは早く離れたかった。

「ところでお貸元……」

銀次郎が、話の先を変える。

「なんでえ？」

「先だって、田原町の米問屋に押し込みが入ったって話をご存じで？」

「ああ、大変《てえへん》な事件だってな。家人と奉公人が殺されたっていうじゃねえか。まだ、下手人は捕まってねえと。いったい何をやってんだか、御番所は……それが、どうかしたんか？」

「その米問屋の、殺された奉公人が菊之助さんと知り合いってことで、御番所の探索では埒《らち》が明かねえと、一肌脱《ひとはだぬ》ごうってことになったんでさあ」

ここは方便を使うことにする。

「そうかい。だが、それがなんで三島一家と関わりがある？　おれんとこの奴らは、押し込みなんかやらねえぞ」

「それがお貸元、きのうの賭場で……」

銀次郎が、三島一家に来た理由《わけ》を語った。

「そんな客がいたんか？」

「遊び人のくせして、二十両もの金をあんなに惜しげなく一勝負に張れる奴なんて、そうそうざらにはいませんぜ」

「それもそうだな。だからって、そいつが夜盗の一味だとは限らねえだろ。人は見かけによらねえ、えれえ金持ちの倅《せがれ》かもしれねえぜ」

「ええ。もちろん、そのくれえのことはてめえにも分かりますさあ。ですが、どうもそう思えねえってのは、勝負師としての勘ていうか……なので、調べるくれえはと思いやして」

「なるほどな。話は分かったが、それで俺たちにどうしろってんで？」

「てめえは、あの客の顔を初めて見たもんで……」

銀次郎は、貸元の胴場を渡り歩く壺振師である。なので、界隈の博奕好きの顔はほとんど知っている。だが、昨夜の客はこれまで一度も見たことはない。

「誰があの客を、三島一家の賭場に連れてきたか知りたいんでさあ。それで、中盆を仕切る茂三さんなら分かると思いやして」

浅草界隈の賭場では、誰かの紹介がなくては、一見《いちげん》の客は入れないことになっている。博奕は天下のご法度《はっと》である。奉行所の手入れを警戒しての用心からである。その男を紹介した者が、誰かだけでも知れればここに来た甲斐がある。

「そうだったのかい……おい、茂三を呼んできな」

傍にいる子分に、玄吉親分が命じた。

さほど待つことなく、茂三が部屋へと入ってきた。銀次郎の脇に菊之助がいるのを見て一瞬驚く表情となったが、すぐに平常な顔に戻った。

「昨夜の客で……」

銀次郎の口から、事情が語られた。

「ああ、あの客かい。あの客だったらきのう初めて三島一家の賭場に顔を出した男で……」

「誰の口利きで来たい？」

玄吉が、ギョロリと睨みを利かせて茂三に問うた。知らねえとは言わせねえぞと、顔にそんな威厳が宿っている。

「へい。実は、法願寺のご教祖様からの紹介で……」

「そうか、法願寺の正念《しょうねん》様からか。だったら、さして怪しい者じゃねえな」

そう答えて玄吉の顔が、銀次郎に向いた。威厳を示した顔は、柔和になっている。それでもやくざの親分である。堅気から見れば、鬼のように恐ろしい。

「法願寺ってのは……？」

それでも菊之助は問うた。

「最近……ていっても、もう十年ほどになるかな。下谷幡随院の近くで正念教祖が、法念教という新しい宗派を開いた。小さい寺だが、法願寺はその本山てところだ」

法念教なんて聞いたことのない宗派だが、賭場と関わっているところをみるとろくでもないことがうかがえる。

「このところ信者が多く集まり布施《ふせ》がたんまり入るか、かなり羽振りがよくてな、今庫裏を建て直してるってことだ」

「その正念様が、えらく博奕が好きで……」

「おい茂三、余計なことは言うんじゃねえ」

茂三の喋りを、玄吉がたしなめた。

「そんなんで、あんたらが思っているような奴ではねえってことは確かだ。ほかを当たったほうがいいんじゃねえか」

当ては、外れた。

三島一家からはこれ以上聞き出すこともなかろうと、菊之助と銀次郎は引き上げることにした。

「おい銀次郎。次の賭場も頼むぜ」

七日に一度の開帳の、次の壺振りを銀次郎が托されたのは収穫であった。

「へい、喜んで……」

一礼をして、菊之助と銀次郎は外へと出た。

「すまねえな」

銀次郎が、菊之助に向けて詫びを言った。

「何を詫びるんで？」

「無駄足をさせちまった」

「謝《あやま》ることなんか、ありゃしねえさ。そんな最初からうまくいくなんて、おれだって思っちゃいねえよ」

菊之助が、笑顔含みで答えた。

新堀沿いを歩き、菊谷橋まで来たところであった。

「あれ、政吉じゃねえか？」

銀次郎の目が、下谷方面から速足で来る政吉の姿をとらえた。

「ずいぶんと、急いでいるようだな」

一町ほどの隔たりが、見る間に迫ってきた。

それと同じころ、寺町通りより北側を、定五郎は品物が収められた行李《こうり》を担ぎ一味の在《あ》り処《か》を探っていた。

一方灸屋の兆安は、通りの南側にある寺を順繰りに探りを入れていた。

しかし両者とも、朝早くから長屋を出てからこれといった手がかりもなく、正午を報せる鐘の音を聞いた。むろん、盗賊の在り処などに辿り着けてはいない。

寺町で呉服が売れるわけでもなく、寺の和尚の肩がこるわけでもない。人助けを兼ねてはいるが、稼ぎにも結びつかず、定五郎と兆安は気持ちに嫌気を感じていた。

「……一休みしようかい」

一緒にいなくても、考えることは同じである。同じ呟きが、二人の口から吐かれた。互いにそう思ったものの、寺町に入ると茶屋一つない。寺町通りに出れば、東本願寺の門前町である。茶屋や煮売り屋が軒を並べている。そこで飯を食い、一服つけて鋭気を養おうと足を菊谷橋に向けた。

菊谷橋の西側の袂《たもと》で、五人が同時にかち合った。

さらに、そこに――。

どこで調達してきたか、将棋指しの天竜が薄汚れた法衣を纏い、菊谷橋を渡ってくるのが見えた。

「あれは、天竜さんじゃねえですかね。なんですかい、あの格好は？」

政吉が、首を傾げて訊いた。

「ああ、あれは大家さんの案だ。願人《がんにん》坊主を装って、界隈にいくつもある廃寺の中を探ろうって魂胆だ」

菊之助は、高太郎からその話を耳打ちされている。政吉の問いに答えたものの、菊之助の首も傾げている。

「あの汚い坊主の衣装、どこから仕入れてきたんだ？」

菊之助の問いが発せられる間にも、天竜が橋を渡りきってきた。

「おや、なんでみんなしてこんなところに集まってるんだ？」

「これがまったくの偶然で、みんなで驚いているところですわ」

大家の高太郎と占い師の元斎を除いて、夜更けまで話し合っていた六人が道でばったりと出くわした。

「これも何かのお導きかもしれんな」

天竜が網代笠《あじろがさ》を持ち上げ、坊さんらしい感慨を口にした。

「本当の、生臭《なまぐさ》坊主に見えますね」

政吉が、感心する。

「寺を探るに、こんな格好が都合がいいと思ってな。将棋の弟子である住職のところに行って借りてきた。なるべく着古したものをと頼んだら、雑巾《ぞうきん》にしようとして取っておいた物だと言って貸してくれた。どうだ、托鉢《たくはつ》する願人坊主みてえだろ」

せっかく集まったのだから、昼飯でも食おうということになった。東本願寺の門前に、二階建ての蕎麦屋《そばや》があった。

七

二階の大座敷の一角に、六人が陣取っている。

蕎麦を待つ間、雑談はない。

「ところで政吉、仕事はどうしたい？　ずいぶんと、急いでいたようだが……」

銀次郎が、政吉に問うた。

「ええ。今入っている現場の隣に廃寺がありましてね、そこで怪しい奴を見かけたもんで、それで急いで報せようと……」

「どこだい、その現場ってのは？」

政吉の話を遮《さえぎ》り、菊之助の問いが向いた。

「下谷幡随院近くの、法願寺って寺で……」

名である。

「なんだと！」

同時に驚愕の声を発したのは、菊之助と銀次郎であった。今しがた聞いてきた寺の
「なんで、それを先に言わねえ？」

銀次郎が、政吉に怒鳴り口調を向けた。

「腹が減ってちゃ、戦はできねえって言いやすからね」

政吉が黙っていたのは、空腹では事を仕損じると、腹を満たしてから語ろうと思っていたからだ。

「そうは言うけどな、こんなところで蕎麦なんか食ってる場合じゃねえ」

銀次郎が、膝を立てた。

「ちょっと落ち着きなよ、銀次郎」

立ち上がろうとする銀次郎を、菊之助が止めた。

「それにしても、二人ともなんでそんなに驚いてるんだ？」

天竜の問いに、菊之助が理由《わけ》を語った。

「するってえと、その法念教ってのが夜盗の一味と関わりがあるってので？」

「いや、隣の廃寺が……」

と、政吉が答えた。

「とにかく、法願寺の隣の廃寺に怪しい奴がいたってだけでも探るに足りる」

菊之助が、呟く口調で言った。そうなると、気が急いてくる。蕎麦が出来上がってくるのが待ち遠しい。

「蕎麦はまだできてこねえのか？」

銀次郎が首を長くして、大座敷の廊下を見やった。

「焦るな銀次郎、ここは策を練るところだ。どうせ奴らは動けねえ、ゆっくりと考えようぜ」

もう誰しもの頭の中では、そこに夜盗の一味が隠れていると決め付けている。

「そうだな」

銀次郎が浮かせた腰を落としたところで、「おまちどおさま」と言って、女中が頼んだ蕎麦を運んできた。


蕎麦を食しながら四半刻ほど策を練って、六人は寺町通りを西に向かった。

法願寺と廃寺は、朽ちかけた土塀を挟んで隣り合っている。下谷車坂町《くるまざかちょう》の手前の路地を北に曲がると、小寺がいくつか並んで建っている。小寺といっても、それなりの構えはある。それぞれ立派な本堂もあれば、住職たちが住む庫裏もある。山門も備え、墓地も敷地が広く取られている。

「ここが法願寺で、男がいたのはこの向こうの廃寺で……」

寺町通りから、一町ほど北に入ったところに法願寺の山門があった。まだ、夜盗一味と法願寺に関わりがあるかは分からない。

「あっしは、これから仕事なんでよろしいですかい？」

「ああ、助かったぜ」

とりあえず政吉の役目はここまでと、法願寺の中へと入っていった。

上野寛永寺から浅草寺にかけて、百以上の寺がある。寺町といわれる所以《ゆえん》である。その中には、虫に食われたように廃寺がいくつも存在している。これから五人が向かうのは、盗賊が隠れていると思われる廃寺である。

法願寺の山門から、三十間ほど行くと朽ちかけた山門があった。山門の柱に『浄《じょう》曹宗《そうしゅう》 平専院《へいせんいん》』と書かれた扁額《へんがく》が、傾いてかかっている。それだけでも、今は誰もいないはずの廃寺だと知れる。

六尺の寄棒を錫杖《しゃくじょう》の代わりとし、借りてきた数珠《じゅず》を手に絡《から》げ「南無阿弥陀仏　南無阿弥だぶ　なんまいだあー」と、天竜が念仏を唱える。素人のにわか坊主なので、なんともおぼつかない念仏だが、怪しまれずに境内へと入れる。

天竜が独り境内に入り、中の様子を探ってくるのが手はずの一歩であった。本堂でも庫裏でも、身の丈六尺を越える大男がいるかどうかが分かればよい。それを確かめればよいだけの手はずであった。

山門から本堂までは、敷石が敷き詰められた参道である。

天竜は本堂正面の、六段の階段を上り回廊に立った。本堂の、観音開きの扉に手をかけると、無言で開けた。中はガランとして、何もない。本尊が祀られている須弥壇《しゅみだん》は跡形もなく、人が出入りしている気配は、まったくうかがえない。

「庫裏のどこかにいやがるな」

天竜は外に出て、庫裏に通じる回廊を辿った。本堂の脇に、庫裏に通じる渡り廊下がありその先に、出入りの遣戸《やりど》があった。

「なんまいだあー」

天竜は、念仏を唱えながら遣戸を開けた。すると三和土《たたき》に、数人分の草履《ぞうり》や雪駄が無造作に脱ぎ捨てられている。数えると六足あり、六人いることになる。その中に十六文ほどもある、一際《ひときわ》大きな雪駄が一足混じっていた。

「馬鹿野郎たちだな、こんなところに履物を脱ぎ捨てやがって」

天竜は馬鹿どもを、自分の目で確かめようと庫裏に足を踏み入れた。

托鉢の草鞋《わらじ》を脱ぎ、框《かまち》に足をかけた。庫裏の長い廊下をゆっくりと歩く。各個の部屋は障子が閉まっている。廊下は奥でつき当たり、曲がり角となっている。人の気配に注意しながら、さらに奥へと入っていく。

天竜が、廊下の角を曲がったところであった。

前に立ちはだかる者がいる。まっすぐ見据える天竜の目は、男の喉仏《のどぼとけ》あたりに向いている。天竜は、男の面相を見るため顔を上に向けた。それと同時に腹に一撃与えられ、気が遠のくのを感じた。

山門の外で、四人が待つ。

「天竜さん、やけに遅いな」

しばらくしても出てこない天竜に、菊之助は不安を覚えた。

菊之助は、天竜が夜盗の一味がいることを確かめられれば、それで決着と考えていた。あとは銀次郎が番屋へと走り、町奉行所に訴えるのが練った策であった。

このたびの件は、直《じか》に賊を捕まえるのではない。異人の丈治に疑いがかけられないようにするのが目的である。大男が捕まれば、あとは丈治を平穏無事に、どうやって自分の国に帰してあげるかである。しかし、天竜が一向に出てくる気配がなく、手はずが狂うこととなった。

「捕まったな、天竜さん」

「だとしたら、中に盗賊の一味がいるって証《あかし》になるぜ」

菊之助の独り言に、銀次郎が言葉を添えた。

「ああ、そうに違いねえ」

定五郎がうなずき、これからは天竜を救い出す算段へと四人の考えが変わった。

まさかこうなるとは思ってなかった菊之助は、得物《えもの》となる木剣を持っていない。定五郎には組紐《くみひも》、兆安には太針という武器があるが、銀次郎は素手以外に何もない。

この四人で、いかに天竜を救うかということになった。

「そうだ銀次郎、すぐさま三島一家に走ってくれねえか。夜盗を見つけたんで、子分を十人ばかり貸してくれと言ってな。ついでに、木刀を借りてきてくれ」

だらしない役人を呼ぶよりも、こっちのほうが早いと菊之助は踏んだ。

三島一家のある阿部川町は、ここから二町と近い。その道を、銀次郎は走った。

銀次郎が来るまで、外で待つことにする。

「天竜さん、殺されねえかな？」

兆安が、不安を口にした。

「あの人のことだ、うまく取り入ってるだろうよ。それに、悪党どもだって、坊さんを殺すのはいくらなんでも気後《きおく》れするだろうよ。まあ、多少痛い目には遭うかもしれないけど」

菊之助は、そう読んでいた。

当身《あてみ》を食らった天竜が、ぼんやりとした目を覚ました。

焦点が定まらず、視野が霞《かす》んでいる。ただ、相手の声だけは聞こえている。

「お頭《かしら》、この男は坊主なんかじゃねえですぜ。天竜という将棋指しでさあ」

一味の中に、天竜を知る者がいた。

「以前こいつには、賭け将棋で有り金全部ふんだくられ……」

それがきっかけで盗賊の一味に身を落としたと、恨みの言葉が天竜の耳に入った。

「……乙松《おとまつ》」

天竜の焦点が合って、男の顔をとらえることができた。

「お頭。こいつを生かしておいちゃ、やばいことになりやすぜ。早いとこ殺して、墓穴に埋めちまいましょうぜ」

賭け将棋の負けに、相当な遺恨を抱いている。そんな男の口調であった。

「おそらく、役人の犬かなんかだろ。なんでここを嗅ぎつけたかしらねえが、この寺もいよいよやばくなったということだ」

天竜は、町奉行所の隠密と間違えられた。

「それならお頭、早いとこぶっ殺してずらかりやしょうぜ」

物騒な言葉を吐いたのは、くだんの大男だと知れる。その図体の大きさは、異人の丈治に引けを取らない。

「いや、俺に考えがある。殺《や》るのはいつでもできる。しばらくこの男を眠らせときな」

夜盗の頭目が言い終わったと同時に、天竜の気がまたも遠くなった。

それから四半刻もしたころであった。

「おっ、お頭。へっ、変な野郎たちが……」

遺戸が乱暴に開いた物音を聞き、様子を見に行った手下の一人が血相を変えて戻ってきた。

「何があったんで？」

「えらい大勢の野郎たちが……ざっと、二十人はいるかと」

「役人か?」

「いや、そんなんでは。みなやくざの形《なり》をして……そん中に、一人だけど派手な衣装を纏った者がいやした」

「やくざにど派手……」

頭目が言っている最中に、障子戸がガラリと荒い音を立てて開いた。

「てめえらか、米屋に押し入った夜盗どもは!」

菊之助の怒声が、庫裏中に響き渡った。

「そこに寝転がってる坊さんを渡してもらおうか」

「うるせえ、てめえらは誰だ?」

つづけざまに、菊之助が啖呵を放つ。

「おとなしくその坊さんを渡してくれりゃあ、おれたちはすぐに引き上げる。さもねえと、この人たちは本物のやくざだ。てめえらのへな猪口《ちょこ》な匕首《あいくち》なんて、なんの役にも立ちはしねえぜ」

三島一家の玄吉親分は、子分を十五人ほど貸してくれた。みな、鉢巻を頭に巻き、襷《たすき》で袖を絞った喧嘩支度《じたく》で身を包んでいる。手には、赤鞘から抜かれた刃長二尺の、やくざ仕込みの長脇差《ながどす》が握られている。

「この野郎を渡してやれ」

刃先が六人の夜盗に向けられ、敵《かな》わないと思ったか頭目が呑んだ。

定五郎と兆安、そして銀次郎の手に支えられ、ふらふらになった天竜が戻ってきた。

「ああ、腹が痛え。あの大男に、腹を打《ぶ》ちかまされた」

天竜が、腹を押さえながら怨み口調で言った。

こうなれば勢いはこっちだと、菊之助は木刀を手にして大男の前に立った。

「えれえ、でけえな」

菊之助は見上げ、大男が見下ろしている。目と目が合ったと同時に、大男の拳骨が菊之助の目の前を通り過ぎた。三寸身を反らして、男の一撃を避けた。

「……あんなの食らっちゃ、死んじまう」

そんな呟きを漏らす間に、大男の左拳が顎を狙って突き上げられた。これも菊之助は身を反らしてかわす。

二度の空振りで、大男は怒り狂っている。

「気性の荒い野郎だぜ。これで、三人も殺したのか」

菊之助の怒りが、木剣に伝わった。三撃目が襲ってくる前に、菊之助は大男の懐に入ると、木剣の鋒《きつさき》で男の腹を突いた。すると大男が腹を押さえ、体がくの字に折れた。頭の位置が低くなったところで、菊之助は木剣で右肩を打《ぶ》っ叩いた。

「これは、てめえの鉈で殺された奉公人の恨みだ」

そしてもう一撃、左の肩に渾身《こんしん》の力を込めて打ち当てる。

「こっちの肩は、米屋の家族の恨みだ」

鎖骨の砕ける音が二度鳴り響き、大男は畳に頽《くずお》れた。

そして夜盗一味の六人が、三島一家の子分衆の手で縄を打たれた。

「なんでえ、引き上げるんじゃなかったんで？」

騙されたと、頭目が泣き言を言う。

「誰がてめえらみてえなド悪党を助けると思ってやがる。小塚原《こづかっぱら》の獄門台で雁首《がんくび》揃えて、往生《おうじよう》しやがれ」

三島一家の手柄にさせようと思ったが、それは断わられた。

「――やくざが捕り方の真似をしちゃあ、お天道様がひっくり返る」

と言って、取り合わない。

「伝蔵親分の手柄にしてやるか。何かあったら報せてくれって言ってたからな」

ならばと、六人を柱に括りつけあとは岡っ引きの伝蔵に報せ、任せることにした。

六人の夜盗の中に、賭場の客はいなかった。

正念教と夜盗たちは無関係であった。だが、それが捕縛を早めたきっかけとなったのは確かである。

丈治が口にする『オーマイゴー』、神様お願いという祈りが通じたのだと、けったい長屋の住人はそう思うことにした。

「丈治はんのおかげで、悪党たちを捕まえることができましたんやな」

高太郎が話しかけるも、丈治は首を振る。

「Sorry, I don't understand what you're saying」（ごめんなさい。何を言ってるのか分かりません）

互いに意味が通じず、会話はそれで途切れた。


——丈治の件で相談できる人は、このお方しかいない。

それから二日後、菊之助は誰にも内緒で、親戚筋の本多家の上屋敷を訪ねた。三河《みかわ》岡崎《おかざき》藩主で、昨年まで老中であった本多忠民《ただもと》のもとである。忠民は、菊之助のことを幼いころから知っている。菊之助が神童と呼ばれたころは、養子にするつもりでいたからだ。

そんな関わりから、菊之助は丈治の件で忠民を頼ったのである。

直に向かい合った本多忠民が、菊之助の話を聞いたと同時に飛び上がるほどの驚きを見せた。

「その話、真《まこと》か？」

「はい、本当で……偽りを言うために、わざわざ出向いたりはいたしません」

「それもそうだな。その男の名はジョージリンカンとか言ってなかったか？」

今度は、菊之助のほうが飛び上がるほどの驚きを見せた。

「殿は、なぜにそれをご存じで？」

「今、幕府が血眼《ちまなこ》になって……いや、表立ってはできんでの、世間には内密で捜しておったのだ。それにしても、浅草におったなんて」

「あの丈治に、どんな事情がおありで？」

菊之助が、一膝詰めて問うた。

「十日ほど前のことだ。亜米利加という国から……」

忠民が経緯を語る。

「特使を乗せた黒船が一隻《せき》、大統領の親書と上様への土産物《みやげもの》を携え江戸湾の鉄砲洲《てっぽうず》沖に停泊したのだ」

鎖国令が解けて以来、異国からの特使が頻繁に来日するようになっていた。丈治も、その特使の一員であった。

「大統領というのは、この国でいえば征夷大将軍、いわば上様と同じ一番偉いお方のことだ。菊之助のところにいるそのジョージリンカンという男は、大統領の甥《おい》っ子でな……しかし、なんでその男の名が分かった？　亜米利加の言葉を話せる者など、菊之助の周りにはおらんだろうに」

「それが、挨拶程度の言葉なら交わせる男がおりまして。長崎で医学を学んだ人でして」

菊之助の語りに、忠民が得心のうなずきを見せた。

「それで、丈治と呼んでおるのか。なるほど、それならば間違いなかろう。それにしても、よくぞ生きていた。奇跡といってもよかろうにな」

十日ほど前、黒船から小船に乗り換え鉄砲洲の幕府軍用地に上陸しようとしたところで突風にあおられ船が転覆し、乗組員が海に放り出された事故があった。その事故で、一人が行方知れずとなった。

「そんなんで、懸命に捜していたんだが見つからずあきらめていたところだった。おもに、築地《つきじ》から霊巌島《れいがんじま》あたりまで捜したが……まさか、浅草まで行っていたとは」

驚きと安堵が入り混じる、忠民の口調であった。

どこをどうやって、浅草まで辿り着いたかは分からない。ただ、着物にさほど汚れがなかったのは、どこかで川舟でも拾ったのか。漕いでいるうちに浅草まで来た。そして、けったい長屋まで辿り着いて空腹で倒れてしまった。

菊之助の勝手な読みである。それを丈治に問うこともできないし、答えることもできない。

「それにしても、よく匿ってくれたのう」

「長屋の人たちの看病たるや、それは半端なく献身的でして」

「これで、彼《か》の国の大統領エブラハムリンカン様も、さぞやお喜びになるだろうのう。亜米利加が本気で攻めてきたら、この国はひとたまりもなかろう。だが、これで一つ貸しができたということだ。菊之助たちはもしや、日本を救ったかもしれんぞ」

丈治を助けたのは人として当然のことで、それほど大したことだとは菊之助は思っていない。

それから二日後の早朝、外国奉行方の役人が数人、けったい長屋を訪ねてきた。丈治を迎えにである。それは下にも置かない、丁重な扱いであった。

「Thank you for all your help」（お世話になりました）

丈治は、長屋の男たち一人一人と握手を交わし別れの挨拶をする。そして、女たちには笑顔を向けて、こう言う。

「I love you」（愛してます）

かみさん連中が銘々《めいめい》ほっぺたやおでこに口をつけられ、顔を真っ赤にしている。

「お達者で……」

と言っても、丈治には通じない。

「ホナ、サイナラ」

丈治が、一つだけ覚えた日本語であった。

高太郎から教わった別れの一言を放ち、丈治ことジョージリンカンは、幕府が手配した迎えの船に乗り大川を下っていった。

第二話　罰当たりなやつら

一

　吾妻橋《あづまばし》から大川を二町ほど下った西岸に、駒形堂と呼ばれる、小さな古堂がある。

　創建は九四二年というから、およそ九百年前の平安《へいあん》時代に建てられた観音堂である。一説には、建立《こんりゆう》から遡《さかのぼ》ることさらにおよそ三百年前の飛鳥《あすか》時代、近在の漁師檜前《ひのくまの》浜成《はまなり》・竹成《たけなり》の兄弟が漁をしているとき、浅草寺の本尊である秘仏『聖観音菩薩《しょうかんのんぼさつ》』が網《あみ》にかかり、引き上げたことが起源とされている。古代浅草は、檜前という名で呼ばれていた。官営の牧場があったことから、馬とは縁のある土地柄である。それと関わりがあるか、駒形堂の本尊として高さ九寸五分の『馬頭観世音菩薩《ばとうかんぜのん》』が祀《まつ》られている。

文久三年も押し詰まり、人々は慌《あわただ》しい年の瀬を迎えていた。

その日早朝、けったい長屋の大家《おおや》でもあり材木問屋『頓堀屋』の主《あるじ》高太郎は、花川戸にある大工の棟梁《とうりよう》八十吉《やそきち》のところに、溜まった材木の売り掛け代金の回収に行くため蔵前通りを北に取った。そして、二町ほど歩いたところであった。

「……えらい人だかりやな。あそこは、駒形堂《こまがたどう》の前」

上方弁《かみがたべん》の呟《つぶや》きであった。

「いったい何があったんや？」

独りごち、高太郎がさらに足を進めると、顔見知りの岡っ引きが十手《じって》を振り回し何やら言っている。

「さあ、どいたどいた。邪魔だってんだよ」

野次馬を追い払う、怒鳴り声であった。

「伝蔵親分……」

高太郎が、浅草界隈を見廻る岡っ引きの伝蔵に声をかけた。

「これは頓堀屋の若旦那」

高太郎には、伝蔵も機嫌のよい顔を示す。先代からの遺言で、お役人と目明しは味方につけておけといわれている。ときおり見廻ってくる伝蔵の袖に懐紙に包んで二分金を放り込む。それが、何かあったときに効《こう》を奏《そう》している。

「何かありましたんで？」

高太郎が、駒形堂の境内をのぞき込みながら訊いた。

見ると、西を向く駒形堂の観音扉が開いている。こんな早朝、さらに毎月十九日の縁日以外御開扉《ごかいひ》されることはない。

「とんでもねえ馬鹿がいやがってな、ご本尊の馬頭観世音菩薩様を盗んでいきやがった」

駒形堂創建以来九百年、初めての出来事であった。

「なんで、そんなものを……？」

「そんなものって言うこたあねえだろうけど、罰当たりなことをする奴がいたもんだぜ」

木彫りの立像で、高さ九寸五分なら匕首《あいくち》の刃長と同じだから、懐《ふところ》にも入る。

「盗んでいったとしても、家に飾っておくもんじゃねえだろ」

何が目的であるか分からないと、伝蔵は首を捻《ひね》った。

本来神社仏閣で起きた事柄は寺社奉行の管轄で、町奉行所は立ち入れないことになっている。だが、町屋での探索ということもあり、定町廻り同心につく岡っ引きが動いていた。

「左様でんなあ。食うたかて、あまり美味《うま》いもんでもなさそうやし」

水掛不動尊《みずかけふどうそん》で知られる大坂千日前《せんにちまえ》にある浄土宗天龍山法善寺《じょうどしゅうてんりゅうざんほうぜんじ》が、高太郎の家の、先祖代々の菩提寺《ぼだいじ》である。江戸に移ってからも、御不動様を敬う気持ちは変わっていない。なので、江戸での信心にはあまり興味を示さない高太郎は、菩薩様の盗難をさして気に止《と》めるものではなかった。

「もし何か分かったら、報せてくれねえか」

おざなりの依頼が、高太郎にかけられた。

「そりゃ、真っ先に報せますわ。ほな、ごめんやっしゃ」

売掛金の取立てのほうが大事だと、高太郎は足を急がせた。


五十に近い棟梁の内儀《ないぎ》が、高太郎の相手をする。

「わざわざすみませんでしたねえ。あいにく棟梁は仕事に出かけたばかりで……」

そこで押すようなことは、高太郎はしない。景気のよいときには店まで訪ねてきて支払いをしてくれる棟梁である。『互いに持ちつ持たれつで商いはあるべし』というのも、先代からの教えであった。

「ほなら、また来ますわ」

「そうですか、わざわざ申しわけございませんでした」

言葉は殊勝だが顔が笑っている。心底からの、詫びではないのがよく分かる。高太郎は、知って知らぬ振りをした。

「棟梁に、よろしゅう……」

高太郎は踵《きびす》を返し、敷居を跨《また》ごうとしたところで立ち止まると振り向いた。客が出ていくまで見送るというのが、江戸の接客作法である。振り返った高太郎に、内儀の訝《いぶか》しげな顔が向いている。

「まだ何か？」

今しがたまで浮かんでいた内儀の笑みは、引っ込んでいる。

「ここに来る途中でな……」

別に話をすることでもないと思っていたが、ここはついでにと高太郎は駒形堂の一件を語ることにした。

「なんですって？　馬頭観音様が盗まれたって！」

お内儀の驚き方は尋常ではなく、声が家の奥まで届いた。

「どこのどいつなんでえ、盗んだってのは？」

大声を発して出てきたのは、誰あろう棟梁の八十吉本人であった。

「なんや、おったんかいな」

「いや、忘れ物をしてな、裏から家に入ったところで、かかあの声が聞こえ……」

方便であることは分かっているが、そこは高太郎は黙しておいた。

「すまねえ、代金はも少し待っててくれ」

「年内に払っていただければ、よろしいでんがな。なにも居留守なんぞ使わんでも……」

「若旦那さんは分かっておいでで？」

お内儀の問いであった。

「へえ。三和土《こ こ》に棟梁の雪駄《せった》がそろえてありますさかいな。居留守を使う場合は、隠しておかんと」

顔を真っ赤にして、棟梁夫婦は頭を下げた。

浅草に住む者にとって、浅草寺の観音様と駒形堂の馬頭観音は心の拠《よ》りどころである。それだけ、信心の篤《あつ》い人たちが集まっている。それが盗まれたとあっては、借金取りどころではない。

「それにしても、そんな罰当たりなことをしたのは誰なんで？」

八十吉に問われても、高太郎に分かるはずもない。

「それを今、御番所では捜しているところでんがな」

「馬頭観音様を盗んで、どうしようってのかねえ？」

お内儀が、亭主の八十吉に問いを向けた。

「どうしようってんだか？　売って金に換えようとでも……」

「売れたら、いくらくらいになるんだろうね？」

「そんなの分かるわけがねえが、どう見積もっても百両はくだらねえだろ」

「そんなになるんかい。それだけあればおまえさん、支払いはみんな済ませられるね」

半分羨ましいとの気持ちが、お内儀の言葉尻に表れている。

いつまでも、馬頭観音のことに関わっている暇はないと、高太郎は引き上げることにした。

「ほな、ごめんやっしゃ」

「ならば俺も現場へと向かうか。今日は新築が一軒仕上がるんで、そいつを見てこねえとな」

高太郎は引き上げ、八十吉は現場に向かおうと一緒に出ようとしたときであった。

「てっ、大変《てえへん》だ、棟梁……」

血相変えて飛び込んできたのは、脇棟梁の甚八《じんぱち》であった。

「どうしたい、そんなに慌てて……？」

脇棟梁が、慌てて現場を抜け出してきただけでも大事があったと知れる。

「足場が外れて、政吉が……」

八十吉の顔一面に皺《しわ》が刻まれ、苦渋の表情となった。

「なんだと！」

「……まさか、政吉って？」

高太郎は、真っ先に店子《たなこ》である大工政吉のことが脳裏をよぎった。

「若旦那は、政吉を知ってるんで？」

脇棟梁の甚八が、怪訝そうな顔で訊いた。

「ええ。もしかしたら、わてんところの店子かもしれへん。諏訪町の宗右衛門……いや、けったい長屋に住んでる大工」

「ええ、だったら違《ちげ》えねえ」

間髪《かんはつ》いれずに甚八の答えが返った。それと同時に高太郎は、膝が崩れそうになったのを必死の思いで堪えた。

「それで、死んだのでっか？」

顔を顰《しか》め、恐る恐る訊いた。

「いや、すぐに医者を呼んで診てもらったがなんとも言えねえと。それで……」

甚八の言葉は途中で止まり、あとが出てこない。

「それで、なんでえ？　はっきりと言いな」

話を急《せ》かせたのは、八十吉であった。

「頭を強く打ったんで、予断は許せねえって。今夜一晩が山だろうって、医者は言ってた」

「それじゃ、危ねえってことじゃねえか」

「今、政吉はんはどこに？」

「自分の家に運ばれた」

血の気が引いて真っ青になった高太郎は、居ても立ってもいられず飛び出していった。

二

政吉には、生まれて八月《やつき》ばかりの乳飲み子がいる。

二十三歳と若いが、お玉《たま》という娘と所帯をもち、子供も生まれ好きな酒を断って仕事一筋に励んでいる矢先での事故であった。

高太郎がけったい長屋に戻ると、騒然としている。政吉の家の戸口の前に、住人たちの人垣ができている。

政吉は家に運んだと、甚八は言っていた。

「菊之助はん……」

人垣の中に、一際《ひときわ》派手な衣装で目立つ菊之助が交じっている。その背中に高太郎が声をかけた。

「大家さんかい？」

振り向く菊之助の眉間《みけん》には、縦皺が数本刻まれている。滅多に見ない、菊之助の苦りきった表情であった。

「政吉はんが、えらいことに……」

「今さっき、運ばれてきて……」

「わても、花川戸の八十吉棟梁のところで話を聞きましてなあ、急いで駆けつけてきたんですわ。それで、容態はどない……？」

「今、医者が来て診てもらってる」

菊之助が言うことは、脇棟梁の甚八から聞いたことと同じであった。

「心配だよねえ」

担ぎ呉服屋定五郎の女房おときが顔面をくしゃくしゃにして、今にも泣き出しそうな声音で言った。

「お玉ちゃん、かわいそう」

灸屋《やいとや》兆安の女房およねは、すでに目から涙がとめどなく落ちている。

「鯉太郎《こいたろう》ちゃん、だいじょうぶ？」

母親のおときに手を引かれたお花が、顔を上に向けて訊いた。鯉太郎とは、政吉の一粒種である。五月の節句に生まれたので、鯉太郎という名がつけられた。

「ああ、大丈夫だよ。お花は心配しないでいいから」

おときが慰めるも、子供ながらに事態の深刻さを感じるか、お花が袖で涙を拭いている。

今夜が峠だと医者は言っていたが、翌々日の朝五ツごろになって政吉は意識を取り戻した。

丸二日、政吉は生死の境をさ迷っていたのである。

「おまえさん……」

その間つきっきりで看病していた女房のお玉の丸い顔が、政吉の目に入った。

「お玉……ここはどこだ？」

「うちに決まってるじゃないか」

「そうか、俺は足場から落ち……うっ、痛え」

「幸いにも、脳には異常をきたしてなさそうだ。よかったの、政吉さん」

医者が朝早くから来て、政吉の容態を診ていた。

足場から落ちたところが柔らかい盛土であったのが不幸中の幸いだったという。怪我といえば腕と足の打撲で、一月《ひとつき》ほどの安静で済むだろうと医者は診立てを言って帰った。

上半身を起こそうとして、政吉は激痛で顔を顰《しか》めた。

「無理をしちゃ駄目だって、お医者さんが言ってたよ。でも、怪我がたいしたことなくて、本当によかった」

涙ぐみながらお玉が、脇に寝ている鯉太郎を抱きかかえた。

「おとっつぁんだよ。目を覚ましてよかったねえ」

まだ口が利けない鯉太郎は、父親の無事が分かっているのか、両手を広げてはしゃぐ仕草をした。

「でも、一月ほどはじっと安静にしてなくてはいけないと」

「そうかい。それにしても、あんな高えところから落ちて命が助かっただけじゃなく、このぐれえの怪我で済んだんだから、ありがてえと思わなくちゃいけねえな」

政吉の口調はしっかりしている。

「まったくだよ、おまえさん」

またもお玉が涙ぐむ、鼻の詰まった声音であった。そこに、静かに戸口の障子が開いて男が二人入ってきた。

「菊之助さんに、大家さん」

狭い三和土《たたき》に立つ二人を、お玉は一目にして名を言った。

「どうだい、政吉の具合は？」

菊之助が、不安げのこもる声で訊いた。

「心配かけてすいやせんでした」

寝床から発する声に、菊之助と高太郎は驚く顔を向けた。まさか、意識を取り戻しているは思ってなかったからだ。

「今の声は、政吉はんでっか？」

「ああ、そうだよ」

返事は、政吉本人からであった。

「するってえと……？」

「はい、今しがた意識を戻しまして。ええ、あたしと鯉太郎の顔をはっきりと覚えていてくれました」

「そりゃよかったでんなあ」

高太郎の、感慨深げな声音であった。

「それでも、腕と足を打ちつけて一月ほどは仕事に出られないと」

「そのぐらいで済んだんだ、よしとしなくちゃ」

菊之助も、安堵の気持ちを口にする。外には、心配そうな顔をして長屋の連中が集まっている。狭い家屋なので全員は入れない。

外に向かって高太郎が話しかける。

「みなはん、政吉さんが意識を取り戻しましたで」

すると、やんやの喝采《かっさい》が湧き上がった。これで安心したと男衆《おとこし》は仕事に出かけ、かみさん連中は家事へと戻った。

「これは、長屋のみなはんから見舞いの気持ちや」

言って高太郎が、お玉の膝元に懐紙に包まれた物を置いた。一分金が四枚、都合一両が入っている。

「……長屋のみなはんて？」

年の瀬にきて、みな銭金に忙しい連中である。見舞いの金を集められた覚えは菊之助にはなかった。銭金の代わりに、炊事から鯉太郎の世話まで、お玉を助けてあげようというのが、長屋の連中とは話し合って決めていたことだ。

高太郎は、長屋住人の気持ちとして、見舞金を差し出したのである。

——やるじゃねえか、大家さん。

菊之助が、気持ちの奥で呟いた。

一両あれば、一月《ひとつき》以上は生活ができる。しばらくは働けそうもない政吉一家にとっては、ありがたい見舞いであった。

「本当に、助かります。長屋のみなさんには、なんてお礼を言ったらよいか……」

お玉が畳に両手をつき、深々と頭を下げたそこに、

「ごめんくださいよ」

と、男の声が聞こえた。

「おや、棟梁に脇棟梁……」

高太郎が振り向き口にする。外に立っているのは、棟梁の八十吉と脇棟梁の甚八であった。

「若旦那もいらしてたんで」

「ええ、店子やさかいな。そうだ、政吉はん、意識を取り戻しましたで」

「そりゃよかった。おととい来たときは、どうなるがと思ってたんだが……」

八十吉と甚八は、昨日も来て政吉の容態を気遣っていた。

「ですが、一月《ひとつき》ほどは仕事に出られないと……」

お玉が、申しわけなさそうに頭を下げた。

「そりゃ仕方ねえ。ゆっくりと体を癒してからで……そうだ、お玉さんにこれを」

八十吉が、懐紙に包まれたものを差し出した。

「みんなの気持ちがこもってる、受け取ってくれ」

職人たちから集めた見舞金だと、八十吉は言った。

「そいつは、棟梁が自ら……」

「余計なことを言うんじゃねえ、甚八」

頓堀屋に支払いが滞っている手前、八十吉は甚八をたしなめた。

「よろしゅうおましたな、お玉はん。遠慮のう受け取っときや」

高太郎が、にこやかな顔を見せながら言った。

狭い三和土に、大の大人が四人立っている。

「気が利きませんで、どうぞお上がりになって」

「いや。これから現場に行くもんで、あっしらはこれで……政吉、体を大事にしなよ」

「棟梁に甚八兄い、すまねえ」

政吉の返事を聞いて、八十吉と甚八は現場へと向かった。

「さてと、おれらも引き上げるとするかい」

「そやな。ほな、お大事に」

「ちょっと待ってくれませんか、お二人とも……」

高太郎が声をかけたところで、政吉が呼び止めた。

「話を聞いてもらいてえのですが」

菊之助はかまわないといった顔でうなずく。

「わてもよろしいでっせ」

まだ意識が戻ったばかりである。無理をしない程度にと断りを言い、菊之助と高太郎は政吉の話を聞くことにした。

三

政吉の枕元に、菊之助と高太郎が並んで座った。

「なんで足場の丸太が外れたんだか……？」

目を天井に向け、思い出すように政吉は語り出した。

政吉の話は、足場から落ちたときの状況であった。

思い出しながら、ゆっくりと語りはじめた。

「おとといの朝……」

政吉は浅草三間町《さんげんちょう》の現場に赴《おもむ》き、やり残しがないかと二階に上ると、天井《てんじょう》の羽目板が外《はず》れていた。

「羽目板を収めたあと外に出ると、軒天《のきてん》の仕上げが気になり……」

外に組まれた丸太の足場に足をかけたところで——その先は憶えていないと言う。はっきりとした口調は脳に支障のない証《あかし》だが、落ちた瞬間の記憶は飛んでいる。

「足場がどうかしたのか?」

菊之助が、いく分か体をせり出して訊いた。

「腕のいい鳶《とび》が組んだ足場でさあ。それに、前の日に乗ってもなんともなかった。そこが、なんで外れ落ちたんだか?」

「政吉は、足場が外れ落ちたのは誰かの仕業《しわざ》だとでも言いたいのか?」

「ええ。そうとしか、考えられねえ」

菊之助の問いに、政吉は自信ありげに答えた。

「足場組みの鳶が、手を抜いたんではないんかいな?」

高太郎が、念を押すように訊いた。

「大家さんは、西仲町《にしなかちょう》の鳶の親方伊三郎《いさぶろう》さんを知ってますよね」

「へえ。足場の丸太を卸してるさかい、もちろん知ってまっせ」

町火消し『と組』の頭《かしら》でもある伊三郎は、鳶の仕事でも定評があった。とくに足場の組み立ては、人の命に関わる重要な仕事である。今まで、伊三郎のところの仕事で、そんな事故は一度も起きたことがない。

ずや」

「伊三郎親方のところの鳶でしたら、足場が外れるようないい加減な仕事はしないは
　高太郎も、政吉の話に得心《とくしん》を示した。

「だったら、なんで足場が外れたんだ？」

「おかしおますなあ」

　菊之助と高太郎が、そろって腕を組み考えている。

「誰かが、足場に細工したとしか考えられねえ」

　政吉が、床の中から口にする、悔恨こもる口調であった。

「となると政吉は、事故ではなくて事件だってのか？」

「ええ、そうとしか考えられませんぜ」

「だとしたら、誰がなんのために……？」

「政吉はんは、誰かから恨みを買ってなはるんでは？」

　菊之助の問いに、高太郎が乗せた。

「いや、そんな覚えはまったくねえ」

　首を傾《かし》げながら、政吉は答える。

「それもそうやな。政吉はんに限って……」

高太郎も、政吉の真面目な仕事ぶりは聞いて知っている。とくに鯉太郎が生まれてからは、酒もすっかりと止め仕事に精進している。

「別に、政吉を狙ってのことじゃねえだろ。足場には、誰だって乗るだろうからな」

菊之助の口調と、着ている着物の柄《がら》が釣り合わない。思案に耽《ふけ》る菊之助の表情は無《ぶ》頼《らい》を髣髴《ほうふつ》とさせ、女仕様の牡丹柄とはそぐわない。そのちぐはぐさが、端《はた》から見るとむしろ頼もしげに思えてくる。

「……菊之助はん、乗り出すんかいな？」

高太郎が、誰にも聞こえぬほどの小声で呟いた。すると、菊之助の顔が高太郎に向いた。

「どうだい、大家さん。おれたちでちょっと探ってみるかい？」

「よろしおまっけど、これからわては……」

年末にかけて忙しいと、口にしかけて高太郎は言葉を止めた。

「これからって言うのは、手伝ってはくれねえってことか？　ずいぶん冷てえ野郎だな」

菊之助は目尻を上げて、皮肉る表情を高太郎に向けた。

「そうじゃおまへんがな、早とちりせんといてや。わてかて大事な店子はんが怪我をさせられ、お得意はんが疑われたとあっちゃ黙ってはおられんさかいな、そりゃ一肌も二肌も脱ぎまっせ」

高太郎も、菊之助には逆らえないと同意する。だが、どうせやるならとことんまでと自らを鼓舞し、それが言葉となって出た。

「よく言ってくれた、大家さん。だったらこれから、足場を細工した奴をつき止めようぜ。そんなことをするには、何か事情《わけ》があったはずだ。政吉、気づいたことがあったらなんでも聞かせてくれ」

探る前に、まずは政吉から話を聞く。

「縦組みの丸太と、横組みの丸太を固定する組縄に細工が仕掛けられた」

横組みの丸太が、足場となる。

「そうでないと、あんな落ち方はしねえ」

政吉は、決め付けるように言った。

「なんでやねん？」

高太郎が訊いたのは、その動機である。

「そいつはまったく分からねえ」

天井を見つめながら、政吉が言った。

その足場には壁を塗っていた左官屋も乗り、瓦屋もその足場を伝って屋根に乗り降りしていた。政吉も乗ったし、ほかの大工も利用している。いく人も、その足場に乗ったがびくともしていなかった。組縄に弛《たる》みが生じていれば、足にふらつきを感じるはずだ。それと、鳶職人が足場を組む結び方は、そう簡単には緩《ゆる》みはしない。

「犯行は、先おとといの夜ってことか？」

菊之助は、犯行という言葉を使った。

「……先おとといの夜って」

すると高太郎の口から呟きが漏れた。

「何か、思い当たる節でもあるんかい？」

「いや、それほどのことでは……」

と言いながらも、高太郎は思いの節を語ることにした。

「菊之助はんは知りまへんか？」

「何をだい？」

「先おとといの晩からおとといの朝にかけ、駒形堂に祀ってる馬頭観音様がいなくなったってこと……」

「ああ、知ってるよ」

「俺も……」

「あたしも」

菊之助と政吉、そしてお玉までがうなずいて答えた。だが、政吉の事故で一杯で、誰も馬頭観音の話題をする者はいなかった。

高太郎は、馬頭観音と政吉の事故を結びつけた。なんの根拠もなかったが、高太郎の勘が働いたともいえる。

「それがどうかしたかい？」

「あの仏様が盗まれたってのは、えらいこっちゃで。菊之助はんは、なんとも思いまへんので？」

「ああ、おれはそんなに信心深くもねえし、浅草生まれでも育ちでもねえから。あんなところに、お堂が建ってたってことすらも知らなかった」

菊之助は、根っからの浅草人ではない。馬頭観音が盗まれたとあっても、さして気にも留めてはいなかった。

「嘘でっしゃろ。わてかて、遠く大坂にある法善寺の水掛不動はんに向けて拝んでます。大坂の人かて、駒形堂の馬頭観音様は知ってはるで」

「そうですよ。浅草寺の観音様と駒形堂の馬頭観音様は、浅草に住む人たちの心の拠《よ》りどころですから」

生粋《きっすい》の浅草生まれであるお玉が、菊之助を貶《けな》す口調で口を尖らせた。

「みなさんの信心はいいとして、大事な仏様が盗まれたとあっちゃ大変だろうな。それで大家さんはそれと政吉の事故の、どこに関わりがあるってので？」

「いえ、今はなんとも言えへん。わての、勘どころでんがな」

「そうかい。大家さんがそう言うんなら……」

菊之助が、真剣な顔をして考える。

「……当たってみるかい」

菊之助の、呟きがあった。

話が、駒形堂の馬頭観世音菩薩の盗難に触れていく。

高太郎が、おとといの朝駒形堂の前であったことを語った。

駒形堂の前で、岡っ引き伝蔵親分とやり取りをしていたちょうど時を同じくして、政吉は足場から落ちた。そのとき二人とも、朝五ツを報せる浅草寺の鐘を耳にしている。

「何か、変な符合を感じるな」

ふと、菊之助が口にしたそのとき、

「あぶー」

鯉太郎がはいはいしながら近寄ってくると、菊之助の膝に手をかけた。

「ああ、分かったよ鯉太郎。お父っつぁんをこんな目に遭わせた奴は、おれたちも勘弁ならねえからな」

「必ず捕まえてやりまっせ。そういえば、お互い名に太郎がつきまんな」

高太郎が、鯉太郎の頭を撫でながら言った。

「……そうなると、どこをどうして動こうか？」

長居は政吉の体によくないと、菊之助と高太郎は場所を移すことにした。

「あとは任せておきな」

決意を口にし、とりあえず三間町の普請現場へと二人は足を向けた。主《あるじ》の高太郎がいなくても、不都合なく材木商の頓堀屋は動いている。

四

浅草福川町《ふくかわちょう》の、道一つ向かい側が三間町である。

神明《しんめい》神社の鳥居にかかる注連縄《しめなわ》が、木枯らしに吹かれて揺れている。神社の斜め向かいが、政吉が足場から落ちた新築の普請現場である。

施主は、東仲町《ひがしなかちょう》の広小路《ひろこうじ》沿いで骨董屋《こっとうや》を営む金万堂千衛門《きんまんどうせんえもん》である。浅草界隈で十指に入るほどの富豪である。だが、その財の築き方に近在の人々からは首を傾げられ、こんな陰口が叩かれている。

「――我楽多《がらくた》ばかり売ってやがって。それで、大儲けしてやがる」

「まことしやかに、贋作《がんさく》を売りつけてるらしいからねえ」

しかしこんな雑言を吐くのは、古物骨董とはまったく縁のない町人たちである。そんな罵《のの》りも、半分はやっかみが言わせている。

金万堂千衛門が商いの相手にするのは、主に武家や富豪の商人たちである。

商人は出入りの武家への貢物として、武士は上司への付け届けとして、古物骨董の類《たぐい》が好まれる。本物、贋物の目利きができる者など巷《ちまた》にはそうそういない。玉石《ぎょくせき》入り混じえての商いは、金万堂に他人《ひと》が羨むほどの富をもたらせていた。

神明神社斜め向かいに、二百坪ほどの空き地があった。金万堂千衛門が、その土地を手に入れたのは、倅《せがれ》夫婦の家を建てるためであった。

百坪ほどの二階家は三月《みつき》前に着工され、母屋はほとんど仕上がっていた。

政吉は、下谷幡随院近くにある法願寺の仕事を済ませてから、半月ほど前から三間《こ》町《こ》の現場に入っていた。

上部から足場を取り外すその矢先に、事故が起こった。

菊之助と高太郎が現場に来たときはすでに足場はなく、建屋の外観はきれいな仕上がりを見せていた。

現場には植木職人が入り、造園作業をしている。大工や鳶職人はみな引き上げ、事故の件を聞き取れる者はそこにはいない。

「……立派な家だなあ」

道の端に立ち二階家を見上げながら、菊之助が呟いた。その目線は、政吉が点検をしようとしていた二階の軒天に向いている。

政吉はほとんど完成なった家に、やり残しがないかとおとといの朝方、早めに来て二階へと上った。すると、天井の隅にある羽目板が一枚外れている。

「――誰が外したい？」

独りごち、外れている天井の羽目板を収めたあと外に出ると、軒天の仕上がりが気になったと政吉は言っていた。

町奉行所も、事故として処理をし、すでにこの一件は落着している。

菊之助たちが独自で探ろうとしても、すでに足場は片付けられ、足場の外れた箇所をもう調べることはできない。

「これを探るのは、もう無理でんな」

高太郎が、あきらめを口にする。

「……それにしても、早いな」

菊之助が、高太郎の話を聞いているのかいないのか、建屋を見つめながら呟いた。

「何がです……あきらめるのがでっか？」

「足場を片付けるのがだよ。政吉が落ちたのが、おとといの朝。たった二日で足場が外され、この場に丸太は一本も残っちゃいない。少し、早すぎると思わないかね、大家さんは？」

「いえ、このくらいの家でしたら丸二日もあれば十分でっせ」

材木商なら、おおよそ工事に費やす日数は把握している。

「いや、そうじゃなくてな」

「だったら、何を……？」

「おれが訝《いぶか》しく思うのは、棟梁が来てまだ仕上げの点検をしてないってのに足場を外すってことだよ。大家さんは、そんとき八十吉親方のところに行ってたんだろ」

「ええ。現場に行くところだと。その現場ってのは、ここのことでんな」

「そして、政吉の事故だ。家の点検どころではなかったはずだ。少なくとも、おととい は一日中……」

「すると、足場を外すのはたった一日しかありまへんな。足場を外すのは一日ででき たとしても、資材までは片付けられへん。丸太はまだここに残っているはずや」

足場の丸太はかなりの量になる。それを運び出すだけでも、一日以上はかかると高 太郎は言う。

「だろう。ここは、鳶の親方伊三郎さんを訪ねて訊く以外にないか」

早速とばかり、菊之助と高太郎は西仲町にある伊三郎親方のもとへと向かった。


伊三郎親方の家は、現場《そこ》から二町ばかり行ったところにあった。

「頭はおられまっか?」

取引相手だけによく知る家だ。高太郎は遠慮のない口調で奥に声を通した。三和土 というより、土間といったほうがよいほど戸口は広く取られている。火事があった日 は、火消し衆がここに集結する。

渡世一家の雰囲気があるが、壁面に掛かっているのは代紋の入った提灯《ちょうちん》ではなく、火消しに使う鳶口《とびぐち》などである。

「これはこれは、頓堀屋の若旦那。掛け取りとはまたお早いことで」

渋い顔をして、伊三郎の内儀が出てきた。支払いの催促で来たと、間違えている。

「いや、そうじゃおまへんのや。頭にちょいっと訊きたいことがありましてな」

「俺ならいるよ」

奥から出てきたのは、四十半ばの体の大きな男であった。鳶の頭の貫禄が、体中からほとばしっている。

「頭、急に来てえろうすんまへんな」

「いや若旦那、いいってことよ。支払いは先《せん》だって済ませたが、きょうはなんの用だい？」

声は高太郎に向け、顔は菊之助を向いている。

「そこにいる、色男は……？」

菊之助も、伊三郎とは初対面である。近くに住んでるといっても、なかなか出会わないものだ。

「わてのところのけったい長屋に住む、菊之助はんで」

「あら、弁天小僧とおんなじ名」

四十を少し超えたばかりの内儀が、うっとりとした口調で言った。

「おめえはいいから、奥にすっこんでいな」

はいはいと、返事を重ねてお内儀は奥へと下がっていった。

「上がったらどうだい？」

「いや、ここでけっこうです」

店の造りになっていて、板間が広く取られている。その框《かまち》に菊之助と高太郎は腰を掛けた。

「頭に訊きたいってのは、三間町の……」

菊之助の語りはじめで、すぐさま伊三郎はうなずく仕草を見せた。

「そうだ、政吉は若旦那のところの店子だったな。どうだい、体の具合《ぐええ》は？　これから見舞いに行こうと思ってたんだが」

自分のところの鳶が引き起こした事故なのに、なぜにすぐに見舞いに行かなかったかと、菊之助は伊三郎に不審を感じていた。そんな、菊之助の不穏げな表情を感じ取ったか、伊三郎の言いわけが返る。

「それがな、政吉のところにすぐに駆けつけようと思ったんだが、できなかったのは施主《せしゅ》の金万堂さんから……」

伊三郎は、困惑する表情で理由《わけ》を語った。

人が落ち、壊れた足場をそのままにしていては縁起が悪いので、早々と壊してくれとの注文が入った。一日で、すべて取り除くようにとの施主からの厳命であった。そっちに手間が取られ、二日の間は出られなかったと伊三郎は語った。

「そんなんで、ずっと気になっていたんだが……」

「政吉はんなら命に別状なく、気を取り戻しましたで。ですが、一月《ひとつき》は養生せんとあかんそうです」

高太郎が、政吉の様子を語った。

「まったく、申しわけねえことを……」

「いや、頭。そのことで、ちょっと……」

菊之助が手を翳《かざ》して、伊三郎の話を遮《さえぎ》った。

「どうも、若衆《わかいし》さんの落ち度ではないようで」

菊之助は、別の誰かの仕業との考えを伊三郎に伝えた。

「すると、足場の縄に誰かが細工を……？」

「頭に、そんなことをする奴の心当たりがないですかね？」

伊三郎の、顔をのぞき込むように菊之助が問う。

「いや、まったくねえな」

しばらく考えてから、伊三郎は首を横に振った。

なぜに足場の留縄《とめなわ》が緩んでいたか、調べる間もなく足場は撤去された。

「親方のところの仕事のせいではないことは分かってます」

「それにしても、なんでだ……？」

菊之助の話を聞く様子もなく、伊三郎が考えている。

「何をお考えで？」

菊之助の問いに、伊三郎の顔が向いた。

「いやな。縁起が悪いとはいえ、施主がいやに足場の取り外しを急かしたと思ってな。そんなのはこっちにではなく、大工の棟梁のところに掛け合わなくてはならねえ。まだ、仕事が済んでいるかどうか分からねえってのに、あっしらが撤去を決めることはできねえんで」

「ならば、なんで取り外したので？」

「いや、ええ剣幕で施主が駆け込んできて、すぐに足場を外せってんだ。そんなんで、棟梁にも断りなく足場を取り外した」

「施主ってのは、金万堂の千衛門さんで？」

「いや、その倅の萬吉《まんきち》だわ。金万堂の跡取りで、二十八にもなる男なんだが、こいつが威張っているのいねえの。人を頭ごなしで怒鳴る野郎……いや、施主のことを悪くは言えねえ」

所帯を持ち、親と一緒に暮らすのはいやだと、別居するために家を建てたとのことだ。

「それと……」

伊三郎は、まだ何か言いたげであった。

「何かありまして？」

「ああ。取り外しを急いだのには、まだ理由《わけ》があった。北町奉行所の五十嵐って町方の旦那と伝蔵親分が事故の調べをしようとしたところに、なんとかって偉そうなお侍の止めが入って、役人は引き上げたらしい」

――やはり、足場には何かが隠されている。

「その、偉そうな侍ってのは……？」

かなり核心をついてきたと、菊之助はいく分体を乗り出して訊いた。その名が分かれば真相まで辿れるのではないかと意気込む。

「誰か、分からんのかいな？」

　高太郎にしては、強い口調であった。

「うちの若い奴らは火を消すのはうめえが、てめえの記憶を消すのも早え」

「こいつは、萬吉に直《じか》に聞いたほうが早うおますな」

「いや、それよっか五十嵐って同心に訊いたほうがいいな。どうも、萬吉ってのが、絡んでいそうだ」

　五十嵐ならば、菊之助も知る名である。しゃくれた顎《あご》を思い出した。

「いや、どうもあの同心はいけすかねえ」

　先だって初めて会ったときの印象が、菊之助には気に入らず考えを変えた。

「だったら、伝蔵親分に話しかけ……」

　先だって、手柄を与えた岡っ引きの伝蔵を引き込もうと、菊之助が案を出した。

五

　近在の番屋で、岡っ引き伝蔵の居どころを訊ねた。

「伝蔵親分なら、駒形町あたりにいますぜ」

駒形町で伝蔵を追いかけていくと、なんということはない。

「若旦那のところの、頓堀屋に行くと言ってましたぜ」

駒形町の、番屋の番人から聞かされ、急いで店へと向かった。蔵前通りを南に歩いていると、千本縞《せんぼんじま》の小袖を尻っぱしょりし、黒の股引《ももひき》に羽織を纏《まと》った伝蔵が向こうから歩いてくる。

「ちょうどよかった。あっしも若旦那に訊きてえことがあって……」

立ち話もなんだと、駒形稲荷の脇にある茶屋へと入った。

「おとといの朝、駒形堂の前で俺と話したよな？」

伝蔵が探っているのは、駒形堂から盗まれた本尊の馬頭観世音菩薩の件であった。

「へえ、それが何か？」

「あんとき野次馬が集まってたが、そん中にこんな男が交じってなかったか？」

言って伝蔵は、懐の中から四つ折りにした紙を取り出した。広げてみると、男の顔が画《か》かれている。

「入谷、浅草界隈の寺に盗みに入っては、仏像だの供え物など金目《かねめ》の物を狙う泥棒だ。こいつが怪しいと見ている」

「いや、憶えてまへんなあ」

「この男が、馬頭観音を盗んだってので？」

高太郎が首を振るのと同時に、菊之助が問うた。

「いや、そうとは言ってねえ。もしかしたらと思ってな。菊之助も、こんな男を見たことねえか？」

「いえ……ですが、盗人が現場にわざわざ近づくもんですかね？」

「ああ、そういったことはよくあるもんだ。探索がどこまでおよんでいるのか、知りてえためにそんな気が働くんだな。野次馬に交じって、探索の様子をうかがっているってことよ」

伝蔵の口調では、馬頭観音盗難の探索が進展していないことが知れる。いずれにしても、高太郎への聞き込みは空振りであった。

「そっちはなんで、俺のことを捜してたんだ？」

菊之助たちが語る番である。

「大工の政吉が、足場から落ちた件で……」

「ああ、あれかい。あいつは事故ってことで、一件落着してる」

「それがそうでもなさそうなんで」

菊之助の返事に、伝蔵のギョロリとした鋭い目が向いた。

「なさそうだって、どういうことで？」

「あれは事故ではなく、事件てことだったら親分はどうします？」

「もう調べはついたんだ。今さら蒸し返すことなんかできねえよ。それに、あの普請には偉いお武家がついてな」

「偉いお武家って、誰なんで？」

一番知りたいところである。菊之助が、口調を荒くして訊いた。

「なんでえ、そんなおっかねえ顔して」

「すいません、大事なことなんで？」

「何が大事だってんで？」

「実は……」

伝蔵の問いに、菊之助は経緯を細かく語った。

「すると、政吉が落ちたのは金万堂の倅の萬吉と武士の仕業《しわざ》だって言いてえのか？残念だが、そいつはねえだろうな」

「なんで、ねえと言いきれるので？」

「そりゃ当たりめえだろ。誰がてめえの家の新築普請で事故が起きたのを喜ぶ奴がいる。縁起が悪いと、怒るのが当たり前だろ。すぐさま足場を解体しろって命じるのは、当然なことじゃねえか」

　伝蔵の言うことは的を射《い》ている。だが、心の底にある一抹の不審が、菊之助には拭《ぬぐ》いきれない。

　それが何かが分からないうちは、あとには引けないと菊之助は思いを新たにした。

「今思い浮かんだんですが、おれはあの新築の家に何かあるんじゃないかと……」

「何かって、何がだ？」

「いや、そんなの分かるわけないじゃないですか。今、そう頭によぎったばかりですから……いや待てよ」

　言って菊之助は腕を組み、茶屋の天井を見上げ考える素振りとなった。

「……羽目板？」

　呟きが、菊之助の口から漏れた。それが、伝蔵の耳に入った。

「なんでえ、羽目板って？」

　政吉は、天井の羽目板が外れているのを直し、それから二階の軒天に仕上げが荒いところを見つけ、そして、丸太に足をかけたところで落ちた。その一連の光景が、菊之助の脳裏に浮かんでいる。

「……骨董屋かい」

またしても、呟きが漏れる。

「骨董屋と言いましたか？」

高太郎の耳がそれをとらえた。

「ああ。もしかしたら、もしかしたらだぜ」

「あっ！」

ここまで言えば、高太郎でも気づく。

「なんでえ、おれに分かるように話してくれねえか？」

伝蔵だけ、思いが至っていない。

「いえ、あくまでも、もしやってことで……」

三人は、前かがみとなって頭を寄せ合う。そこで菊之助は、声音をさらに小さくさせて自分の考えを語った。

「なんだと！」

伝蔵が、驚く声を発した。そこは茶屋といっても、女や子供が好む甘味茶屋である。伝蔵の声で、近くにいる娘たちの顔が向いた。

「でかい声は出さないで」

「すまねえ。しかし、いくらなんでもそいつは推当《おしあ》てが過ぎるぜ」

「だから、もしやと言ったんで。だけど、その線から探ってみるってのもありじゃねえですかい？」

　菊之助の言葉が、無頼風となった。

「おれたちゃ手柄《てがら》なんてどうだっていいんで。ただ、政吉をあんな目に遭わせた野郎は、絶対に許しちゃおけねえ。そんなんで、長屋の大家さんと一緒に足場に細工した奴を捜してるんだ。もしあの家に、馬頭観世音菩薩があったとしたら、そんなのは伝蔵親分の手柄にしたらいいですぜ」

「よし、分かったぜ」

　手柄と聞いて、伝蔵の食指が動いた。

　菊之助の推測だと、駒形堂の本尊である馬頭観世音菩薩は、新築の家の屋根裏に隠されているものと踏んだ。

「おれの勘が外れてなきゃ、絶対にそこにある」

「あったら、大変なことになりまんなあ」

「そこで、伝蔵親分に訊きたいんだが、さっき言ったお侍ってのは誰なんです？」

「それが、分からねえんで。もっともこっちはそれどころではねえ、馬頭観音を探さねえとな。事件性もなさそうだし、そのまま引き下がったってことだ。だが、今の話を聞いちゃ、こうしちゃいられねえ」

　腕まくりをして、伝蔵が立ち上がった。

「いや、ちょっと待ってくれ親分」

　菊之助が、伝蔵を引き止めた。

「相手はお武家が絡んでるんですぜ。ここで下手《へた》に動いたら、やぶ蛇《へび》になっちまう。何が目的で馬頭観音を盗んだか、それを探らないと大火傷《おおやけど》しますぜ。ようは、天井裏に馬頭観音があるかどうかをまずは見てくりゃいい。そいつは、こっちに任せてもらえませんか？」

「おめえらで、うまくやれるかい？」

「おれに、考えがあります」

　とはいっても天井裏を探る策は、今ふと思いついたことである。どのような手はずでいくかまでは考えていない。菊之助は、弾みでもって答えただけだった。

「よし分かった。もし、天井裏にあったとしたら、必ず報せてくれよ」

「ええ、もちろんでさあ。そんなんで、このことは親分も内緒で」

「ああ、分かってら。誰にも余計なことは言わねえよ」

　この事件を岡っ引きの伝蔵に托そうと、端《はな》のうちは思っていた菊之助であったが、語っていくうちに考えが変わった。武士も絡み、岡っ引きの伝蔵では手に負えない事件と思えたからだ。下手に動けば揉み消されてしまう、そんな危惧を菊之助は感じたのであった。


伝蔵と別れ、菊之助は考えながら歩いた。

頭の中は、どうやって天井裏を探ろうかと、その一点に絞られていた。

「……いい案がねえかな」

ぶつぶつと呟きながら歩く。

「それにしても、無茶苦茶やで」

高太郎も、独り言を口にしている。それが、菊之助の耳に入った。

「えっ、何か言ったかい？」

「あの家の天井裏に馬頭観音様があるなんて考え、そりゃ無茶苦茶やないかと」

「たしかに無茶苦茶だとは思うけど……」

「おや、菊之助はんにしては、いやに素直でんな」

いつもなら『やってみねえと分からねえだろ』と言って、自分の考えを押し通すのが菊之助である。

「骨董屋と馬頭観音の盗難を結びつけるなんて、たしかに早とちりかもしれねえ。おれはそれよりも、なぜに足場が外れ政吉が落ちたかのほうが気になる。それを考えていたら、屋根裏のほうに頭がいった。ただ、それだけのことだからな、根拠なんて何もねえ」

「それに、駒形堂の御本尊様を盗んだところで、どうにもならんで。売れるもんでもなし、飾っとけるもんでもちゃうだろうし、いったいどないするつもりなんやろ？まったく、けったいなこっちゃで」

「……売れるもんでもなし、飾っとけるもんでもちゃうか」

高太郎の言った言葉を借りて、菊之助は考える。いったい盗んだご本尊をどうするのかと。すると、菊之助に一つの線が浮かんだ。

「やっぱり、あの家の天井裏にあるかもしれねえ」

「なんやて？」

「大家さん、早くしねえと馬頭観音様はいなくなっちまうぜ」

言うと同時に、菊之助は速足となった。

「どこに行くん？」

「けったい長屋だ」

「なんや、家に帰るのでっか」

高太郎は、先に走る菊之助のあとを追った。

六

けったい長屋に戻ると、菊之助はその足を政吉のところに向けた。

「おい政吉、眠っている場合じゃねえぞ」

鼾《いびき》をかいて寝ている政吉を、起こしにかかった。

「何かあったんで？」

目を覚まし、政吉の顔が向いた。

「ちょっと急いでいるもんでな。政吉に、訊きたいことがあるんだ」

「へえ、なんでやしょう？」

「政吉が直したって天井の羽目板は、前の日も外れてたんか？」

「いや、ちゃんと収まっていやした。ええ、あっしの仕事だから間違いねえ」

「天井裏を見たか？」

「いや、そこまでは。何かあったので？」

「えらいもんが、隠されてるかもしれまへんで」

「えらいもんて……?」

政吉が、眉を顰《ひそ》めて訊いた。

「いや、分からんけど駒形堂の御本尊かも……」

「なんですって?」

驚きで、政吉の目が瞬《しばたた》いている。

「それを確かめなかったのは、あっしの落ち度でやした」

「いや、そいつは仕方ねえ。そんなんで政吉に訊きたいのは、どの部屋かってのと、羽目板の位置なんだ」

総二階の百坪建てならば、部屋がいくつもある。二階だけでも廊下や階段を差し引いて、六畳間なら十部屋以上は取れる。しかし、間取り図を画いてもらうにも、政吉は利き腕を怪我している。

「部屋は四畳半から十六畳敷きまで八つほどに区切られ、廊下も入り組んでいて……」

口ではその位置を表現できないと、政吉は言う。

棟梁八十吉のところを訪ねて、大工の誰かに訊こうにも、その位置を知っているのは政吉だけである。

「ならば、棟梁のところに行って、見取り図を借りてきますかいな？」

「そりゃいい考えだ」

「ほなら、ひとっ走り……四半刻で戻りまっせ」

高太郎は、花川戸の棟梁のところへと走った。


四半刻で戻ると言っていた高太郎が、半刻経っても戻ってこない。

「遅いな、大家さん」

菊之助が、高太郎の戻りを首を長くして待っている。花川戸の八十吉棟梁のところは片道五町。話をしたりなんだりで、四半刻で戻るのは難しかろうが、見取り図を借りるだけで半刻はかかり過ぎである。

「何か、あったんかな？」

菊之助が、政吉にではなく自分に問うた。

「棟梁が留守だったら、すぐには図面も出せんでしょうから、待たせられてるものと」

政吉が、寝ながら答えた。そういうこともあるかと、菊之助は得心して気持ちを落ち着かせた。しかし、さらに四半刻が経っても高太郎は戻ってこない。これは何かあったと、菊之助が動き出そうと立ち上がったところであった。

「遅くなって、えろうすんまへん」

謝る高太郎の声音は上《うわ》ずり、息が切れている。

「何か、あったんかい？」

「それが、えらいこっちゃで」

「何がえらいこっちゃか、早く言いなよ」

菊之助が、苛《いら》つく口調で話を促した。こんなときの上方弁は、江戸っ子にとってかなり悠長に感じる。

「それがな、驚かんといてや」

「驚かねえから……いったい、何があった？」

「これを棟梁のところで借りてきたあと……」

高太郎の手には、巻かれた見取り図が握られている。そして、遅くなった事情《わけ》が語られる。

「花川戸の辻で、思わぬ人を見かけましてな……」

「思わぬ人ってのは？」

高太郎の喋りが遅いので、ついつい口を挟んでしまう。

「それが、さっき伝蔵親分に見せられた、ほれ、あの似せ絵でんがな。あれにえろうよう似た男が、吾妻橋のほうから歩いてきましてな、どこに行くんやと尾《つ》けたんです。ほならその男、どこに入っていったと思いやすか？」

「思いやすかと問われたって、分かりゃしねえよ。いったい、どこなんだい？」

「それがな、なんと……いや、驚きましたで」

「驚くなと言っておいて、自分で驚いてやがら」

政吉も、床の上から苦言を吐いた。

「骨董屋の金万堂でんがな」

「なんだと！　それをどうして早く言わねえ」

「ちょっと待っておくれやす。この話にはつづきがありますんで」

「そのつづきってのは……？」

「わては骨董を見る振りをして……」

似せ絵の男の様子を、高太郎は見やっていた。すると金万堂の主である千衛門が出てきて男と何やら話をしている。高太郎は、二人の話を聞き取れるほどに近づいた。

「するとでんな、こんなことを話してるやおまへんか。主の千衛門がな『ここに来るんじゃないと言っただろ』って、叱ってるやおまへんか。すると男が『いつんなったらもらえるんで？』って。おそらく、金のことやろな」

高太郎の話が、ようやく一息ついた。

「その男が似せ絵の顔に間違いなければ、話はつながったな。大家さんの話はまどろっこしかったが、いいことを聞かせてもらったぜ」

「いや、まだつづきがありまんのや」

「まだあるんかいな」

菊之助が、上方口調で返した。

金万堂千衛門が、五両の小判を懐紙に包んで男に渡すと、喜んだ様子で男は外へと出た。高太郎は、すぐに男のあとを追った。すると、浅草広小路は東本願寺の裏門につき当たる。その北側一帯が、田原町《たわらまち》の蛇骨《だこつ》長屋と呼ばれる地域である。南北二町に亘り、夥《おびただ》しい数の棟割長屋が、蛇のように連なっているところからついた名だといわれている。

見失うと、どこの棟に入ったか分からなくなる。高太郎は、慎重に男のあとを尾けた。そして、うらぶれた一軒の障子戸を開けて入っていった。それを見届けると高太郎は、たまたま通りがかったかみさんに訊いた。

「そいつは半吉《はんきち》って男で、いつもぶらぶらしていて何をやってるか分からへんと」

「名だけ分かっただけでも、上等だぜ。それで、今行ってもそいつの宿《やさ》は分かるかい？」

「ええ。同じような長屋がぎょうさん建ち並んでやったけど、ちゃんと目印は憶えてまっせ」

「よし、分かった。それで、棟梁のほうは？」

「これが借りてきた図面だっせ。支払いを延ばしてあげると言ったら、すぐに出してくれましたがな」

丸めた紙面を高太郎が広げ、寝ている政吉の目の前に翳《かざ》した。

「この部屋の、ここの天井板が一枚外せるようになってる」

政吉は、ようやく動かせるほうの指で図面の一点を指した。

「さてと、どうやって新築の家に忍び込んで天井裏を探るかだ」

菊之助が、天井を見上げて思案している。

なるべくなら、脚立《きゃたつ》や梯子《はしご》は持ち込みたくない。万が一見つかったときには、言い訳が利《き》かないからだ。

「でしたら、きょう中に探るしかねえ。あしたんなったら家財が運び込まれ、人が住むことになってる。ちきしょう、俺さえ動ければなんとかなるんだが」

悔しさのこもる口調で、政吉が言った。

「家の中に誰もいなけりゃなんとかなる。誰か、身の軽い奴はいないかな？」

長屋の中で、身軽そうな男を思い浮かべたが、これはといったのが思い当たらない。

「あの、丈治だったら天井に手が届くんやけどな」

六尺はゆうに超えるジョージリンカンだったら、少し背伸びをすれば天井の裏まで顔をつっ込めるだろう。だが、その丈治は、今ごろは祖国へ向かう船の旅にある。

「そや、いいことがある。うちで一番力があって背が高い源三《げんぞう》に、お亀《かめ》を肩車させて……」

高太郎の出した案でいくことになった。


その夜、金万堂の新築屋敷には四人で乗り込むことにした。

菊之助と高太郎に、お亀と上背が高く力持ちの源三。

源三は頓堀屋抱えの木挽《こび》き職人で、三十貫もある丸太を一人で持ち上げるなど苦ともしない。高太郎に惚れて、頓堀屋の母屋に住み着いているお亀の体重はその半分にも満たない。肩車をしてお亀を持ちあげれば、七尺以上の高さとなり天井の羽目板を外し頭を入れられる。

　暮《く》六《れ》ツも過ぎ、暗くなってからの行動である。ぶら提灯《ちょうちん》で足元を照らし、四人は現場へと向かった。

　昼間、庭木を植えていた職人はもう一人も残っていない。植木はきれいに剪定《せんてい》され、ほぼ造園は仕上がってる。あとは掘った池に水を張り、錦鯉《にしきごい》でも泳がせれば完成である。

　明日が家屋の引渡しで、屋敷内は混乱しているだろう。そうなると、忍び込むどころではない。今夜しか、探りを入れる機会はない。

　数寄屋造りの門もできている。しかし、格子の引き戸には、錠前がかかっている。時代の動乱期で、物騒な世の中である。昨今は警備のために、外から頑丈な鍵をかける屋敷が増えている。

「鍵がかかってやがる。こいつは迂闊《うかつ》だったな。さてと、どうやって入るか？」

　菊之助が、思案に暮れた。すると、源三が引き戸の桟《さん》を持つと、戸ごと敷居から外した。門柱との隙間ができ、一人ずつなら入れるようになった。

　あたりに人がいないかを確かめ、四人は中へと入った。気にかかるのは、戸口にも錠がかかっていないかということだ。それは取り越し苦労で、戸口の引き戸に鍵はかかっていない。

家の中に入るとぶら提灯の火を龕灯《がんどう》に移し、前方だけを明るく照らした。見取り図を見ながら、忍び足で進む。

「……ここが階段か。図面どおりだな」

政吉が指摘した部屋へと、四人は入った。

お亀が、恥ずかしながらと着物の裾をめくった。

高太郎が龕灯を持ち、お亀の下半身を照らしている。

「変なところ、照らさないでよ」

「こりゃ、すんまへん」

お亀が股をいく分開くと、源三がうしろから股間に頭をつっ込んだ。そして、お亀の体が浮き上がった。

「あった！」

間もおかず、お亀の手に小さな観音像が握られている。

「これかしら？」

全員が初めて見るもので、それが馬頭観世音菩薩かどうか分からない。だが、ほとばしる神々《こうごう》しさと崇高なお姿に、皆が仏像に向けて手を合わせた。大きさも、九寸五分であるとくれば間違いない。

「もうしばらく、ここにいてください」と拝み、馬頭観音をもとのところに戻して四人は外へと出た。もとに戻したのは、金万堂の企ての確たる証《あかし》にさせるためである。

そこでお亀と源三を頓堀屋に返し、菊之助と高太郎は田原町の蛇骨長屋へと足を向けた。

「夜だと、分からへんなあ」

同じような長屋が、延々《えんえん》と連なっている。昼とは違い、周囲の景色からは場所を特定することができない。高太郎は少し迷いあちこち動いたが、ようやく見覚えのある場所に辿り着いた。

「ここやここや。この井戸の形を憶えてるさかいな。えーと、こっちや」

半吉が住む棟に、高太郎の顔が向いた。

「角から三軒目と……ここでっせ」

ぼんやりと、行灯《あんどん》の明かりが灯っている。留守でないことに、ほっとする。

「半吉さん、いるかい？」

敷居から外れそうな障子戸を開けて、菊之助は声を飛ばした。

「誰でい？」

他人を警戒する、いく分震えが帯びる声音であった。

「半吉さんですかい？」

「おめえは、誰で？」

「菊之助といいやす。ちょっと、あんたに訊ねたいことがあってまいりやした。よろしいですかい？」

こんなこともあろうかと、菊之助の着姿はいつもと違い、格子柄の小袖の着流しである。無頼風な着こなしに、言葉も普段と変えている。

七

端《はな》のうちは、半吉も白《しら》を切っていた。

「てめえが盗んだってのは、分かってるんだ。これ以上白を切るってんなら、でけえ声で駒形堂の馬頭観音を盗んだのは半吉だって言いふらしてやるぜ。するってえとてめえ、浅草中を敵に回すことんなるぜ！」

菊之助の脅しに、半吉の顔に怯《おび》えが走った。三十面《づら》の顔面が、真っ青に染まる。

「馬頭観音様がどこに隠されてるかも知ってるし、誰の差し金かも知ってる。知らねえのは、なんで馬頭観音《そいっ》を盗んだのかだ。その証《あかし》を喋ってくれたら、あんたがやったとは誰にも言わねえ。ああ、もちろん町方にもだ」

菊之助は、取引きをした。あえて金万堂の名を出さなかったのは、半吉の口から直に聞きたかったからだ。

「話したら、俺のことは黙っててくれるんで？」

「二言《にごん》はねえ」

大きくうなずきながら、菊之助が返した。

「たしかに、駒形堂から馬頭観音を盗んだのは俺だ。金万堂の主から頼まれてな。あ、俺が盗んできたお宝を金万堂は高く買ってくれる。だが、駒形堂の馬頭観音とか浅草寺の観音様など、寺のご本尊には今まで手を出したことはねえ」

「そんなことはいいから、なんで頼まれたかを言ってくれ」

「理由《わけ》を訊いたところで、話してくれるわけはねえだろ。ただ言われたのは、新築した家の二階天井裏に隠せってことだけだ。下では突貫で内装工事をやっている。そんなんで、足場を伝って二階へと上がった」

「その足場に、あんた何かしなかったか？」

「何かだって……いったいなんのことだ？」

「惚《とぼ》けると、承知しねえぞ」

「惚けてなんかいねえよ。ただ、足場を伝って下りるとき、丸太の間に足を挟んじまった」

縦棒に二本の横棒を組んで足場は作られる。丸太の太さの分だけ、横張りに隙間ができる。半吉はそこにうっかりと足を挟んで、抜けなくなったという。

「それで俺は懐の匕首を抜くと組縄を切った……何かってのは、そのことかい？」

組縄が切られた丸太に乗って政吉は落ちた。

「この大馬鹿野郎！　そのために大工職人が落ちて大怪我をしたんだぞ。よくも、てめえが落ちなかったな」

「切った瞬間ぐらっときたんで、縦棒にしがみついた」

これで、政吉が落下したまでの経緯は分かった。

「そいつはすまなかった。怪我をした大工に……そうだ、これを渡してくれ」

見舞金だと言って、半吉は懐紙に包んだものを差し出した。金万堂の千衛門からもらった五両である。

「そんな金、いらねえと言いたいところだがもらっておく。あんたにはもう、必要のなくなる金だからな。その大工には家族がいるんで、よっぽど役に立つ」

「必要のなくなるって、どういう意味だ？」

「おれたちが町方に黙ってたって、どうせ金万堂が白状しちまうだろうぜ。すぐに捕まっちまう」

騙《だま》したわけではない。それが自然の成り行きだと説くと、半吉はガクリとうな垂れた。

確たる証をつかみ、菊之助と高太郎は外へと出た。そして、蛇骨長屋を抜けようとしたところで、羽織袴《はかま》を纏った侍たち三人とすれ違った。

その侍たちに、菊之助は思うところがあった。

「もしかしたら……？」

「どないしたんで？」

「半吉が危ねえ」

菊之助と高太郎は踵を返し、半吉のところに引き返す。

「いないぞ」

すると、侍たちが半吉の宿から出てきて周囲を探している。半吉は三十六計を決め込み、すでに逃げ出していた。仕方なさそうに、侍たちが引き上げる。

「あの侍たちの行くところが、馬頭観音盗難事件の黒幕ってとこだ。あとを尾《つ》けるぜ」

「そやな。これで一挙に解決……」

「しーっ。黙って尾けようぜ」

相手は提灯で足元を照らしているので、追いやすい。それでも、二十間は離れて追った。

蛇骨長屋を出ると東本願寺を半周する形で新堀沿いを辿り菊谷橋に出た。寺町に通じる道をつっきり、新堀沿いを南に向かう。浅草阿部川町を抜けると、その先はずっと武家地になる。将軍直属の親衛隊番士が住む御書院番《ごしょいんばん》組屋敷の前を通り過ぎると、その裏手の小路を曲がった。松平内記《まつだいらないき》様、戸田中務《とだなかつかさ》様の屋敷前を通り、つき当たりを右に折れる。そして、さらにつき当たりを左に取った。

「しっかりせんと、道順を忘れまんな」

武家町には慣れていない、菊之助と高太郎である。

それから角を二つほど曲がり、提灯の明かりはとある武家屋敷の中へと消えていった。

大名家の上屋敷ほど大きくなく、御家人《ごけにん》の屋敷ほど小さくはない。

「おそらく、旗本の拝領屋敷だろう。門構えからして、役高二千石取ってところかな」

「菊之助はんは、ずいぶんとお武家のことに詳しいでんな」

「まあ、多少はな」

自分が、徳川四天王本多平八郎忠勝の末裔《まつえい》だとは、長屋の連中には黙している。大名家の血筋と知ったら、みんな萎縮してしまう。つまらぬところで、親密な関わりを崩したくはなかったからだ。

ここが誰の屋敷かは、表札もないので分からない。とりあえずこの日は場所だけ憶え込み、引き上げることにした。

二つ角を曲がったところに、武家屋敷町を警備する辻番所があった。

「ああ、そこなら外国奉行であらせられる堀川正孝《ほりかわまさたか》様のお屋敷だな」

外国奉行とは、鎖国制度が解かれた際安政《あんせい》五カ国条約の締結と共に開設された、幕府の役職である。

外国奉行という言葉に、菊之助と高太郎は聞き覚えがあった。以前、行き倒れていた丈治を保護したとき、引き取っていったのが外国奉行方の役人であった。

――新築現場にいた侍と、半吉を訪ねた侍たちは堀川様の家臣たちか。しかし、なんで外国方と馬頭観音が関わりあるんだ？

大きな謎として、菊之助の心に残った。

線は結びついたが、その動機が分からない。考えていてもはじまらない。翌日早朝、菊之助は独りで動くことにした。

翌日の朝、菊之助が向かった先は、つい先だっても行った本多家の上屋敷であった。当主本多忠民が出仕《しゅっし》する前の、朝駆けを狙った。

「菊之助が来たのでは仕方あるまい」

亜米利加大統領アブラハムリンカンの甥《おい》っ子を救ったことから国難を逃れた幕府は、菊之助には借りがあった。そのこともあり、急な来訪だが本多忠民から目通りを許された。

菊之助が忠民に向かい、すべてを語った。それを聞き終え忠民は、ふーっと大きなため息を漏らした。

外国奉行は老中配下である。前年まで老中であった本多忠民は、むろん堀川正孝を知っている。

「浅草駒形堂の馬頭観音の盗難に関わりを持つとは聞き捨てならんな」

しかし、相手は今や幕府の重職、外国奉行である。忠民は腕を組んで、はたと考えた。そこに、襖越しに家臣の声が通った。

「殿、出仕のときが……」

「分かっておる。少しなら遅れてもかまわん。今、大事な話をしてるので、下がっておれ」

「はっ」

家臣の声がして、引き下がる足音がした。幕府の重鎮が引き起こした由々《ゆゆ》しき問題に、忠民も頭を抱えた。

国を挙げての大問題となりそうだ。そこを本多忠民としては懸念する。

「絶対に大事《おおごと》にはできんし、内密で押さえたいからの。菊之助、なんとかならんの？」

頼れるのは菊之助だけだと、本多忠民の苦渋の判断であった。

「でしたら堀川様に直接会って……」

「いや待てよ。堀川殿は今、英吉利などの諸外国を訪れている。日本にはいないはずだ。となると、主の留守中に家臣が引き起こしたのか？」

「堀川様の屋敷に入ることさえできれば、穏便に済ませられるかと。こちらとしては馬頭観音が無事に駒形堂に戻り、政吉に一言《ひとこと》謝《あやま》ってもらえればそれで済むことですから。でしたらいい考えがありますので、こちらに任せてもらえますか？」

「よし、分かった。しかしくれぐれも、表沙汰にはせんようにな」

「心得ております」

このとき菊之助の頭の中は、いかにして堀川家に入り込むかであった。堀川家家臣の引き起こしたことである。ならば手段はあるはずだと、菊之助は帰り道を考えながら歩いた。

八

その日菊之助は、久しぶりに女形となった。

『ぬけ弁天の菊之助たぁ　おれのこと』と、啖呵《たんか》の決め台詞《ぜりふ》を吐いて相手をねじ伏せる。こんな弁天小僧の生き様にあこがれて、無頼になったともいえる。

行きつけの髪結いで、頭を娘島田《むすめしまだ》に結い直し、大柄の菊と牡丹があしらわれた振袖に弁柄色の半襟《はんえり》をのぞかせ、入念に化粧をすれば女形の一丁上がりである。

これで相手は油断する。

そして単身足を向けたのは、骨董屋の金万堂であった。

「千衛門の旦那はおりますかしら？」

古物にはたきをかける小僧に、菊之助が声をかけた。

「どちら様で？」

「いいから、呼んできな」

声に凄みをもたせると、小僧は飛ぶように中へと入っていった。間もなくして、主の千衛門が出てくる。

「どちらさんで？」

「半吉さんから頼まれたのだけど……」

「……半吉？」

惚《とぼ》けたようでも、明らかに動揺しているのは顔色が変わったことで分かる。

「三間町の……」

菊之助の言葉が止まったのは、近くに小僧がいたからだ。それには、千衛門も気がついた。

「奥に上がらんか？」

菊之助が来た用件も分かっているようだ。ならば話が早いと、早速切り出すことにした。

「いえ、ここでいいです」

「おい捨吉《すてきち》、店はいいから裏で薪《まき》を割ってなさい」

千衛門のほうが気を利かせ、小僧を追い払った。

「半吉から頼まれたってのはどんなことかね？」

「やはり、半吉さんをご存じで？」

「やはりって……」

「ええ。きのう、その名は聞いたばかり。ああめんどくせえ、女の喋りはここまでだ」

女の裏声から、にわかに野太い声音に変えた。

「あんた、男か？」

そのかけ隔てに、千衛門の声が震えている。脅しはそれで、充分であった。

「どっちだっていいや、そんなこと。駒形堂の馬頭観音様を返してもらいに来た。あぁ、三間町に新しく建てた家の……って言えば分かるよな」

「すると、もう……」

「ああ。きのうの夜、馬頭観音様とお会いしてきた。もう一晩我慢してくださいと言ってな、そのままにしてある」

千衛門の顔色が青ざめ、震えで体がガタガタと音を立てている。

「おとなしく渡してもらえれば、悪いようにはしねえ。何ごともなかったことにしておいてやる。幕府のお偉方から、そう頼まれたからな。ああ、何もかもお見通しってことよ」

「分かりました。申しわけない、この通りだ」

千衛門が、板間に手をつき額《ひたい》を擦《こす》りつけて詫《わ》びた。

「謝るのはおれにではなく、足場から落ちた大工に向けて頭を下げてもらいてえな」

「はい、そうします」

素直に従うと、平伏する。

「一つ訊きたいんだが、なんで外国奉行の堀川様が仏様に関わってるんだ？」

「そこまでご存じで？」

鎌をかけたつもりであったが、千衛門のこの一言が裏づけとなった。

「何もかも、お見通しだって言ってるじゃねえか。素直に話したほうが、身のためだぜ」

顔面真っ青になって観念したか、千衛門が語りはじめる。

「十日ほど前、ご家臣の遠山平三郎《とおやまへいざぶろう》様がお見えになりまして、国宝級の仏像を探していると申されまして……」

あれば二千両で引き取るとの注文であった。しかし、金万堂にそんなお宝はない。二千両と聞いて、千衛門の喉首《のどくび》がゴクリと鳴った。久しぶりの大商いに、食指が動いた。そこで、付き合いのある半吉に話をかけた。盗品の売り買いをする仲である。狙いを、駒形堂の馬頭観世音菩薩に定めた。

盗んできた馬頭観音は、新築の屋根裏に一旦隠すことにした。半吉は、夜遅くまで仕事をしている職人に気づかれぬよう、足場を使って二階へと上った。堀川家に渡すときが来るまで、天井裏に隠しておく手はずであった。

「一つだけ訊きてえんだが、なんで馬頭観音様を天井裏なんかに隠したんだ？」

「万が一、ここに奉行所の手入れが入ったらまずいと思いまして……」

すべては、半吉が言っていたことと一致する。

引渡しまで、二千両は入らない。

半吉は、二百両でもってその仕事を引き受けた。だが、すぐにはもらえず催促をしていた。そして、小出しで五両を渡したところを、高太郎が見ていたのである。

「そうだ、もう一つ訊きたかった。なんで半吉は、堀川様の家臣から狙われたんだ？」

「えっ、そんなこともあったので？」

「ああ、きのうの夜な。蛇骨長屋に行ったら、そんな具合になってた」

「それは手前には分かりません。あっ、もしかしたら倅の萬吉が……これから、三間町に行きましょう。今は、引越しの最中だ」

言って千衛門が立ち上がった。捨吉に留守番をさせ、菊之助と千衛門は三間町へと向かう。

「きれいなお人なのに、男か」

そんな捨吉の独り言が、菊之助の耳に入った。


一昨日の夜、遠山平三郎が訊ねてきて『例の物は手に入ったか？』と、萬吉に訊いた。それが、駒形堂の馬頭観音だと知ると、かなり驚いていたという。『誰が盗んだ？』との問いに、半吉の名を語り、おまけに住み処までを細かく遠山に教えた。

これが萬吉の話であった。

口封じのために、堀川家の家臣が半吉を襲いにかかったものと思われる。

——いかなることがあろうとも、人まで殺すとは断じて許せん。大事（おおごと）にするなと本多忠民は言っていたが、そうはいかない。糾弾しようと、菊之助は単身で堀川家に乗り込むことにした。

菊之助はその足を、堀川家へと向けた。道順は憶えている。

幕府要人である、外国奉行の屋敷である。立っている門番に、遠山平三郎への目通りを頼んだ。「用件は？」と訊かれ、菊之助は女声で相対する。

「馬頭観音様のご用事だと言っていただければお分かりになります。はい、わたしは前の老中本多忠民の親類の娘で……」

「本多様の！」

門番はみなまで聞かず、飛び込むように屋敷の中へと入っていった。やはり、女形が役に立った。まったく怪しまれることはない。

奥の客間に通され、菊之助と向かい合うのは千衛門から聞いている遠山平三郎であった。

「あんたが遠山さんかい？」

正座から胡坐《あぐら》に崩し、しょっぱなから男声であった。

「おぬしは……？」

問う声は、半分絶句である。

「誰でもいいやな、そんなこと。それでだ、金万堂にある馬頭観音様のことだが……」

顔色を変える遠山に、菊之助は洗いざらい語った。

遠山は堀川家の家老で、当主の堀川正孝がこの一年半諸外国を訪問している間、留守を預かる身であった。

「なぜに、国宝級の仏像を望んだので？」

菊之助が事情を問うた。

「国宝級などと、そんな言い方はしておらん」

遠山が、首を振って答えた。

「実は、比律賓《フイリピン》国の領事から、国へ帰る土産《みやげ》として日本の仏像が欲しいと望まれた。そこでめぼしいものはないかと、金万堂にうかがいを立てたのだ。仏像の形をしてればなんでもよかったのだ。金万堂の亭主には『国王の急なご依頼でな』と言ったのだが、それを国宝級と聞き間違えたのだろう。まさか持ってきたのが、駒形堂の馬頭観世音菩薩だったとは驚いた。だが、持ってきてしまったものは仕方ない。返すに返せず、困っていたところだ」

「しかし、二千両で買うと」

「比律賓の国王への土産にするものに、安い値はつけられまい。そこで二千両と言ったのだが……」

日本代表としての見栄が、遠山にそう言わせた。

「ならば、もう一つ……蛇骨長屋の半吉を襲おうとしてたのはなぜだ？」

「いや、殺害にまいったのでないことはたしかだ。馬頭観音を駒形堂に返しておけと、直に言いに行ったのだが、蛻《もぬけ》の殻であった」

遠山の本心がどうあろうが、菊之助はそれ以上糾弾するのを止めた。

本多忠民の頼みもあるし、外国奉行の堀川正孝まで累《るい》を及ぼすことはなかろうと思ったからだ。それと、遠山も悪気があってやったことではない。むしろ、外交の手段としてしたことが、よからぬ方に向かっただけだ。

すまぬことをしたと、遠山平三郎の謝罪があった。畳に手をつき、伏して詫びる姿を見ながら菊之助は立ち上がった。

その日の昼過ぎ、馬頭観世音菩薩は駒形堂へ無事に戻った。

菊之助が驚いたのは、返却したのが半吉の手からと、岡っ引きの伝蔵から聞いたからだ。半吉は自から進んでお縄になったのである。

自分の一存で盗んだとの一点張りで、金万堂や堀川家の名を語ることはなかったという。これまでの罪も重なり、重ければ死罪、軽くても三宅島《みやけじま》か八丈島《はちじょうじま》への遠島であろう。半吉の潔い覚悟を感じた菊之助は、この件でも本多忠民に相談をかけようと思った。

夕《ゆう》七ツどき、政吉のところに金万堂の千衛門と萬吉が見舞いにやってきた。「すまなかった」と詫びを言って、十両を見舞金として置いて帰った。

このたびの怪我で、政吉の手元にあちこちから二十両近くの金が入った。今まで持ったことのない大金である。

「これが本当の、怪我の功名ってやつだな」

小判をおもちゃにして遊んでいる鯉太郎を見ながら、菊之助は呟くように言った。

第三話　凶相の卦《け》

一

「……あんな大大凶《だいだいきょう》の卦《け》は見たことがない」

つい先ほど見立てた卦兆《かちょう》に、元斎はブルッと一震《ひとふる》えした。

浅草広小路は伝法院《でんぽういん》から出たところの大道に、占い師元斎は店《たな》を出している。店とはいっても道端に幅三尺、奥行き二尺の小さな易台があるだけだ。その易台を挟み床机《しょうぎ》が置いてあり、鑑定客と元斎が座って相対する。

背後の伝法院の築地塀《ついじべい》には、手相と面相見が張ってあり、その脇には『四命六占術《しめいろくせんじゅつ》』と書かれた札が掛かっている。

元斎もけったい長屋の住人の一人で、手相、人相、易学でもって八卦見《はっけみ》をする占い師である。

儒者髷《じゆしやまげ》に利休帽《りきゆうぼう》を被《かぶ》せ、たっつけ袴《ばかま》に十徳《じつとく》を羽織り、偉そうに口髭《くちひげ》を生やした姿で、元斎は目の前を通り過ぎる人々を見やっている。頬《ほお》がこけた痩せ型で四十歳半ばに見えるが、自分からは齢《とし》を言ったことがない。表面上の胡散臭《うさんくさ》さはこの上ないが、それでもよく当たるという評判は、界隈に鳴り響いていた。

物売りではないので、客を呼び止めたりはしない。遠からず近からず、将来を占ってもらいたい人だけが対面に座る。それを、ただひたすらに待つ商いである。

夕《ゆう》七ツを報せる鐘の音も止み、心と体に寒さが一段と沁みてくるそんな刻限であった。

年の瀬もかなり押し詰まり、人の動きが一段と慌しさを増してきている。

そんな中、十八にも見える娘が元斎の向かい側に立った。

四半刻前のことである。

「――よろしいでしょうか？」

振袖を着て、頭に挿す簪《かんざし》も一目見て高価そうである。良家のお嬢さんといったところだ。だが、傍《そば》にお付きの婆やはいない。この世知辛《せちがら》い世に、世間知らずのお嬢さんが独りで歩くというのは物騒この上ない。元斎にとって、そこがいく分気になっていた。

「どうぞ」

そんな気持ちを内に宿して、座を勧めた。

「何を占いましょうかな？」

しかし、元斎と向かい合って座ったまま、もじもじとするだけで何も語ろうとしない。こういう場合は急《せ》かさず、相手の言葉を待つ。それでも、娘はただうつむくままである。

「かなり、ご心痛のようですな」

しばらくして、元斎のほうから声をかけた。

白布が被せられた易台の上に、娘が指でのの字を書きはじめた。この手の相談の内容は、たいていは分かっている。この場合は『恋愛ごと』と見込み、ご心痛という言葉を使った。

「はい……」

元斎は相手の切り出しを待った。年頃の娘にとって、他人《ひと》に心の内を打ち明けるのは、けっこう勇気がいる。

「あの……実は……」

座ってすぐさま、他人に心根を語れる者は少ない。元斎はそんな心情を思いやり、焦《じ》れることなく黙って次の言葉を待った。

すると――。

「結ばれるのかしら？」

途中を省き、娘はいきなり訊いてきた。

元斎には、意味が通じている。

「手相を見て進ぜよう。利き腕はどちらかな？」

「右手です」

「ならば、左の掌《てのひら》を見せていただけんかな？」

厳《おごそ》かな口調で元斎は話しかける。その落ち着きが、客に安心感をもたらす。

「はい」

娘の、白くふっくらとした柔らかい手をつかみ、自分の手元に引き寄せる。

「ふーむ。親が反対しているってわけではなさそうだな」

「……………」

口では答えず、娘はうな垂《だ》れる仕草を見せた。

「それではほかに、何か憂いがあるのだな？」

「はい」

娘は、蚊《か》が鳴くほど小さな声で答えた。

「相当に、思い込んでいるようだの。お相手は、お店の奉公人かな？　そう、手代《てだい》と出ている」

身分の違いが、色恋の障害となるのはよくある話だ。いわゆる、添えぬ仲というやつである。娘の恋愛相談は、たいていそんなところを言えば当たっている。そこは、長年の経験と勘による。

元斎が、まことしやかに言うと娘の驚く顔が返った。

「なんで、お分かりになるのですか？」

「手相に出ているからだよ。それで、どうしたらよいかってことだな？」

そんな相が掌の皺《しわ》に出ているのはたしかだが、細かい経緯までは分からない。

ここからは、占いというより人生相談となる。下手《へた》をすると、この手の娘は思い詰めるから厄介《やっかい》である。優しい口調で、徐々に引き出すことが大事だと元斎は心得ている。

「はい。私、新三郎《しんざぶろう》さんとは……」

途中で言葉を止め、目から大粒の涙を流す。言葉が途中で止まったが、その先は容易に想像がつく。

元斎の、一番苦手《にがて》な客である。早く店を閉めて、上がっていればよかったと後悔するも遅い。だからといって、おざなりにはできない。思い込んでいる心情が、ひしひしと伝わってくるからだ。

「新三郎さんというお人が、お相手の方だね？」

娘が小さくうなずく。

「新三郎とは、どのような字を書くのかな？」

「はい。しんは新しいで、さぶろうは普通の三郎です」

「娘さんの名は？」

「はい、美代《みよ》と申します。美しいに代《か》わるの代《よ》です」

元斎は易台に半紙を置くと新三郎、美代という名を並べて書いた。そして、字の画数を横に記した。

「うーむ」

紙面を眺めながら、元斎が考えている。眉間に皺を寄せる元斎の顔を、お美代が不安そうにのぞき込んでいる。

算木に現れた卦には『不相応』と現れている。だが、これを言うと娘はどうにかなってしまいそうだ。そんな危うさが、お美代の面相に表れている。

「どうなんでしょう？」

今にも泣き出さんばかりの憂いのこもる目が、元斎を見つめている。

――ここは慎重にならんといかんな。

大川の、水の冷たさを元斎は感じていた。

――なんとかしてあげないと、川に飛び込んじまう。

不安が、元斎の脳裏をよぎった。

しかし、迂闊《うかつ》なことは言えない。相手の新三郎という名に不吉な卦が出ているからだ。

こんな忌《い》まわしい不穏な卦を、元斎はこれまで見たことがない。陰と陰が絡み合う、最悪な大大凶がはっきりと出ている。これを直《じか》に、娘に語ることはできない。

「ところで、お美代さんはどちらからお越しになったのですかな？」

元斎は、この占いに興味を抱いた。滅多にお目にかからない卦であったからだ。

「日本橋石町《にほんばしこくちょう》です」

「これはまた、ずいぶんと遠いところから」

日本橋石町と浅草は、一里ほどであろうか。さして遠くはないが、娘独りで来るには首を傾《かし》げる距離である。

「お家は何を……？」

「はい。呉服を商っています」

「お店の名は、なんと……？」

「はい。『三善屋《みよしや》』といいます」

「ほう、三善屋さんだったら、自分も知ってる。かなりの大店《おおだな》ですな」

越後屋《えちごや》、白木屋《しらきや》、松坂屋《まつざかや》などと並ぶ、かなり高価な着物を扱う呉服商の大店である。江戸でも十指の中に数えられ、子供でも知っている屋号である。

「お美代さんはそちらの……？」

「はい、独り娘です」

「ご兄弟は？」

「いえ、誰も……」

まったくの一人っ子だという。

凶相をもたらす元はこれだと、元斎は感じ取った。世間ではよくある話だ。

——身分不釣合いってことか。

だが、それ以上の不安が元斎にまとわりつく。それは、美代と新三郎という名から出ている、不穏な卦である。

——難事は身代《しんだい》、人の生命にもおよぶと出ておる。

「三善屋さんの、ご主人はなんと申されますのかな?」

「はい、六代目善左衛門《ぜんざえもん》といいます」

代々の継承名に、家の格式を感じる。

「お齢はおいくつになられる?」

「はい、四十八歳になります。もうすぐ、四十九ですが」

正月がくると、誰もが一つ齢《とし》を取る。五十歳まで生きれば、長生きといわれる。隠居であってもおかしくない年齢であった。それだけに、これから跡取りを作るというのは難儀である。

新三郎という男が三善屋の跡取りに適《かな》う男であれば、何も案ずることはないのだが。

だが、そういう男ではないと占いが語っている。

お美代と向かい合ってから、四半刻が経つ。

冬は時が経つのが早い。日暮れがそこまで迫っている。日が西に大きく傾き、寒さが増してきている。

「どうなのです？　新三郎さんとは……？」

お美代の問いに、答を出さなくてはならない。

元斎は焦った。

答は分かっている。だが、一緒になってはいけないと、ここでは言えない。

「はっきり言って、なんとも言えない。今のところはな」

元斎の、苦肉の答であった。

「できれば、あしたもう一度ここに来なさい」

元斎としては、一晩考えてから明確な答を出すつもりであった。

「分かりました」

「できれば、もう少し早い刻がいい。この時節は、すぐに暗くなってしまうからな」

娘の足で一里は半刻かかるだろう。今からなら、暮六《くれ》ツまでには日本橋石町に戻れる。

「お独りで、帰れるかな？」

「はい。それで、見料はおいくらですか？」

「そうだな。四半刻で一朱いただいておる」

ならばと言って、お美代は倍の二朱金を出した。

「こんなには、いらんよ」

「あしたの分の、前払いです」

お美代の姿が見えなくなるまで、元斎は見送った。

元斎は一息ついてから、この日の店じまいとした。易台に被せる白布を畳み、台と床机は折り畳み式である。小さくまとめてから、近くの茶屋にそれらを預ける。

その日元斎は、重い足取りでけったい長屋への帰路についた。

二

元斎は長屋に戻ると、ぬけ弁天の菊之助に相談をかけた。

「……てなわけで、どうしようかと思ってな」

占い客のことで、他人《ひと》に相談したことなどこれまで一度もない。それだけ元斎は、気を揉んでいた。とりあえず経緯を語ると、菊之助に意見を求めた。

「日本橋石町の三善屋っていえば、かなりの大店ですね。それにしても、元斎先生がおれなんかに意見を求めるってことは……」

「ああ、わしが占った卦によからぬ運気が見て取れたんでな。娘の愛だの恋だのってことだけなら、今ごろ家に帰ってめしを食ってる」

「よからぬことってのは？」

「細かいことまでは、卦には出んよ。ただ、大大凶運が見えてな。滅多にというより、あんな相は今までお目にかかったことがない。そんなこと、お美代という娘にはよう話せんでな」

「それで、あしたまた来いと言ったのですか」

「そう言わざるを得なんだ。そうでないと、大川に飛び込んでしまうのでないかと、それほど思い詰めていたからな。いや、思い詰めていたというのは、小生のあくまでも勘であるがな」

だが、一寸《ちよつと》したことでも、命に関わることがある。迂闊《うかつ》なことも言えず、元斎は答を出すのに一日という間を取った。

「それにしても、元斎先生はどこにそんな不吉な卦を感じたんですか？」

「美代と新三郎という名を並べて占ったらだな、これは絶対に添わせてはならぬものと出た。とくに、新三郎という名に難がある」

「新三郎って名の男は、そんじょそこらにたくさんいるでしょうに」

「ああ。新三郎という名がどうのこうのではなく、美代という名と並べると大大凶の卦が出た。ようするに、一緒にはなれんということなのだが、そこまではお美代には言えんかった」

「大川に飛び込まれたら、大変ですからね」

「そうなんだ。だからあしたまで、何か説得する言葉を見つけんといかん。占い師ってのは、ただ人の将来を見るだけではないからな。人生の相談に乗ってやらなくてはならんこともある。だが、今回はわしが相談に乗ってもらう立場となった」

「占い師ってのは楽なようで、そうではないのですね」

「ああ、菊之助が思っているほど楽なもんじゃない。けっこう気を遣う……いや、そんな愚痴話をしに来たのではない」

「今しがた先生は、新三郎に難があるといいましたよね」

「ああ、言った」

「その難ってのは、どんなことで？」

「さっきも言ったように、細かなことまでは卦には出ない。ただ、不穏が付きまとう。親が反対をする縁ならば、親のほうを説得できればよいことだからな。だが、別なところで暗い陰を感じる」

三善屋ほどの大店となれば、然るべきところから婿《むこ》を取り身代を継《つ》がせるというのが世の倣《なら》いである。

「たとえ奉公人であっても、人徳と商才を兼ね備えていればなんら問題はないのでは？」

菊之助の問いに、元斎は小さく首を振った。

「新三郎に難があると言ったのは、それとはまったく正反対と見えたからだ」

「正反対ってのは？」

「優れているところが、まったく見えん。それよりも、新三郎とお美代が一緒になると、三善屋にも厄難《やくなん》が降りかかるという卦が出てたのだ」

「そいつは、大変だ」

眉間に皺を寄せ、菊之助は腕を組んで考えはじめた。

菊之助は、元斎の占いを信じる男であった。以前も、元斎が出した卦で騙《かた》り事件を解決させたことがある。

「それでもって、ここに来たのだ。どうだ菊之助、相談に乗ってくれんか」

「もう、乗ってますよ。おれも、何か見捨てては置けないような心持ちになってきました。あしたになったら、三善屋に行ってちょっと見てきますわ」

「そうしてくれるか。わしも行きたいが、もしお美代と出くわしたら言いわけが見つからんからな」

「とりあえず、おれ一人で行ってきます。先生はいつものところで易占いの店を出しててください。昼までには戻ってきて、先生のところに行きますから」

「ならば、ありがたい」

そんな段取りを決めて、元斎は自分の家へと戻った。六軒並んだ棟割り長屋の、端《はし》と端である。


翌日の朝、五ツを報せる鐘の音と共に菊之助は動いた。

真っ赤な有松蜘蛛絞《ありまつくもしぼり》の襦袢《じゅばん》の上に、友禅染で松と梅があしらわれた光琳《こうりん》模様の袷《あわせ》を纏《まと》った姿は、無頼者《ぶらい》にも女形《おやま》にも取れる。

「三善屋に行くには、このくらいの格好をしていかないとな」

市松模様の帯を留めながら、菊之助は独りごちた。

「おや菊ちゃん、朝っぱらからどこに行くんだい？」

「今朝はまた、一段と派手だね」

奥の棟から出てきた菊之助を、井戸端で洗い物をするかみさん連中は見逃さない。

「ちょっと、日本橋までね。こいつを探しに行こうかと……」

菊之助は、小指を立てて返した。

「女を探しに、朝っぱらからそんな遠くに行くことはなかろうにね。ここで、選《よ》り取り見取りできるじゃないか」

井戸端には五人ほどいる。口さがないおときが声高に言った。担ぎ呉服屋定五郎の女房で、二人の子持ちである。

「よせやい。そんなことをしたら、旦那たちに殺されちまうわ」

笑い声が沸き立つ中に元斎の女房お松がいるが、かみさんたちと一緒になって口を広げている。どうやら元斎は、自分の女房には昨日の話はしていないらしい。

「お松さん、元斎先生はまだ寝てるんかい？」

「いえ。きょうはちょっと寄るところがあると言って、四半刻前には出かけたよ」

――夕べ、おれのところに寄ったことは言ってないのか。

客の相談事を、いくら家族といえどもやたらとは話せない。そこに元斎の信念を感じた。だが、菊之助には語っている。それだけ困っていたのだと、菊之助は元斎の気持ちを慮《おもんぱか》った。

「それじゃ、行ってくるよ」

「いってらっしゃい」

かみさん連中が、声をそろえて菊之助を送り出す。

菊之助は蔵前通りに出ると、南へと足を向けた。まっすぐに一里行けば、日本橋石町に当たる。


三善屋は大通りに面し、間口が二十間もある大店である。

庇《ひさし》に載った金看板には堂々と、創業万治《まんじ》元年と謳《うた》ってある。四代将軍徳川家綱《いえつな》の世である。二百年以上も昔に、三善屋はこの地に呉服屋を開いたと、以前に聞いたことがある。衣装好きの菊之助にも、そのくらいの知識はあった。

軒下に垂れ巡らされた水引き暖簾《のれん》には、二枚飛ばしで店の商標である『山に三』の文字が抜かれている。

店先には特別に陳列された、大売出しの反物《たんもの》を買い求めようと女の客がひしめき合っている。

「押さないで、お一人二本までだよ」

三善屋の、手代らしき男が取り囲む客の相手をしている。役者にしてもいいほどの、かなりの美男である。

菊之助は「もしや？」と思ったが、それには女の客が答えてくれた。

「ねえ、新三郎さん。これあたしに似合うかしら？」

「ええ、よくお似合いで」

「あんた、邪魔よ。買ったら、とっととどいてよ！　新さんは、あたしのもんなんだから」

客同士の言い争いに、反物よりも新三郎が目当てではないかとの光景であった。

「……こいつは、お美代という娘がぞっこんになるのも無理ないな」

菊之助は呟《つぶや》きながら、ふと思った。

──新三郎の気持ちはどうなんだ？

新三郎の立ち居振る舞いと、面相を見ていればお美代が夢中になるのも分からないではない。しかし、それが三善屋にとって、大大凶運をもたらすとの卦が出ている。

──新三郎に、いったい何があるのだ？

菊之助は思いを含ませながら、女たちが群がる脇を通り過ぎた。その際、新三郎の横顔をのぞき見たが、鼻筋の通った美男である。

――おれほどではないがな。

と思いつつ、いく分目尻と口角が上がった相に、菊之助は新三郎の陰を感じた。それと、顔は笑っているが、目は笑っていない。第一感として菊之助は、冷たい男の表情を感じ取っていた。

元斎はそれを、名だけでもって判断した。

三

新三郎の、凶相がもたらすもの――。

今の菊之助には、分かるはずがない。その根拠を探る手立てはないものかと、菊之助は店の中をのぞいた。すると、ずらりと並ぶ反物が載った棚の先に、店と母屋を仕切る暖簾がかかっている。その向こう側に、人がいるのに菊之助は気づいた。隙間からのぞくのは、艶《あで》やかな振袖を着た若い女である。

「……お美代さんか？」

顔形は見えぬが、それが三善屋の一人娘のお美代とは容易に知れる。娘島田に挿した銀簪《かんざし》が渋い光沢を放っていた。

　お美代の視線が刺すのは、店先に出て客の応対をしている新三郎のうしろ姿であった。

　お美代が辿る視線を見て、菊之助はふと思った。それを確かめるため、菊之助は店内に入ると、手代と思《おぼ》しき手空《す》きの奉公人に声をかけた。

「ちょっとすまないけど……」

　菊之助の傾《かぶ》いた姿に、手代が驚く顔を向けた。だが、その表情は一瞬で、すぐに笑顔に戻った。

「いらっしゃいませ、何かお望みのものでも？」

「ちょっと、この着物に合う半襟《はんえり》はないかと思ってね」

「でしたらこれなど……」

　と言って、うす紫色に花の小紋が染められた半襟を出してくれた。端《はな》から買う気はないが、気振《けぶ》りだけはしなくてはならない。

「いくらするんだい？」

「はい、一朱にまけておきますが」

　一朱という金は、一両を十六分した価である。半襟にしては、かなり高価である。そこが高級品を扱う老舗の呉服屋といわれる所以《ゆえん》なのだろうが、大概《たいがい》の町人には手を出しづらい値段であった。

「おまけとはいっても、ずいぶんとするもんだね」

「はい。柄《がら》の意匠にこってまして、有賀元恒《ありがもとつね》の作ですので少々値が張るかと……」

有賀元恒は、当代一の絵柄師と聞く。だが、半襟一つに一朱は出せないと、菊之助は断る口実とした。

「ところであそこにいるのは、もしかしたら新三郎という男じゃないかい？」

店先で、女客をあしらっている新三郎を見ながら菊之助が問うた。

「よくご存じで。お知り合いでございますか？」

「いや……ずっと以前、近くに住んでいた男で。知り合いの女からその名を聞いただけで、話をしたことはない。へえーあの男、三善屋に奉公してたんだ。知らなかった」

と、菊之助は惚《とぼ》けた。

「ええ。半月ほど前から手代として、三善屋《ここ》で働いてます」

「半月前から？　まだ、そんなにしか経ってないのか」

「はい。暮れにきて人手不足となりまして、急ぎ雇い入れたとのことです。旦那様が連れてきた男でして」

「そうだったのかい」

わざわざ問わなくても、手代が教えてくれた。

「女客のあしらいが、ずいぶんと上手《じょうず》だね」

「ええ。役者にしてもいいほどのいけ面《づら》ですから、女の客があいつ目当てに押しかけまして……」

手代は『あいつ』という言葉を使った。肚《はら》に一物《いちもつ》あるような言い方に、菊之助はそれを、僻《ひが》み根性からきているものと取った。

「……お嬢さんが」

ふと手代の口から呟きが漏れた。

「何か言ったかい？」

菊之助にははっきりと聞こえたが、この場は惚《とぼ》けることにした。

「手代さん。あんたの、名はなんてんで？　今度きたら、あんたに着物を見立ててもらうから」

「それは、ありがとうございます。手前は吾助《ごすけ》といいます。五の下に口がつく吾です。すけは、助けるほうの助です」

懇切に、名の書き方まで教えてくれた。この男は、訊かなくても語ってくれる。手元に引き寄せておいてよい男だと、菊之助にとって一つの収穫となった。

「だったら、吾助さんの顔を立てて、その半襟を買うよ」

一朱を出すのは容易でないが、これも人助けの一助となれば仕方ない。

「それと、一つ訊きたいんだが？」

「はい、なんなりと」

高価な半襟を買ってもらったせいか、吾助の応対はさらに低姿勢となった。

「あの暖簾の陰……おっと、見ちゃいけねえよ」

吾助の顔が、暖簾に向くのを制した。

「あれは、ここのお嬢さんかい？」

「ええ。お美代さんといいまして、十八歳になる一人娘です」

「なんだか、新三郎さんに気があるようだね？」

「ええ、そうなんですよ。てっきり手前にと思ってたんですが、どうやら新三郎に惚れてるようで」

さっきの肚に一物は、ここに原因があったと菊之助は踏んだ。ならば、もっと新三郎のことを聞き出せるだろうと問いを重ねる。

「新三郎さんのほうはどうなんだろうね？」

「そりゃ分かりませんよ、人の心の奥底なんて」

吾助は正直な男である。口ではそう言っても、表情と口調が別の気持ちを表している。

——相思相愛かい。どうやら、他人《ひと》も認めるような仲だな。

お美代が元斎に、そこまで語ってなかったのは多分にお美代の照れがあったのだろうと菊之助は踏んだ。

「親御さんは、許しているんでしょうかね？」

「そのつもりなんでしょうな。どうだか、知りませんが」

吾助の返す口調に、本心が見える。

——そうだとすると、なぜにお美代はわざわざ占いなんかに将来を頼ったのだ？

相思相愛を親が許せば、なんの憂いもないはずだ。だが、お美代は元斎に、新三郎と一緒になれるかどうかを不安視していた。それも、わざわざ一里も離れた浅草までやってきて。思えば、不思議なことだらけである。

新三郎より、お美代のほうに何かがあると菊之助は取った。

——いや、待てよ。新三郎に難があると元斎さんは言っていた。

「あのう、お代のほうをよろしいでしょうか？」

考えに耽《ふけ》る菊之助に、吾助の声が聞こえた。

「ああ、そうだった。ならば済まないけど、ちょっと人への贈り物にしたいんで、体裁よく包んでくれませんかね」

「あっ、ああ……それはお安いご用で」

女への貢物と取ったか、吾助は顔に好奇な笑いを含ませて言った。

贈答用に包むには手間がかかるので、その間に新三郎の様子を店の中から見ていようとの、菊之助の考えであった。

相も変わらず、新三郎の女客へのあしらいは一流である。反対側にそっと目を向けると、お美代の顔が半分ほど見えた。半分は、暖簾の陰にある。心配そうな眼差しである。女客を相手にしている新三郎が、気が気でなさそうだ。

朝昼晩、寝ても覚めても新三郎のことが忘れられないのであろう。

「そうか！」

菊之助は、ふと脳裏によぎるものを感じた。新三郎の、心変わりをお美代は案じているのだ。ただそれだけが心配で、お美代は元斎に占ってもらったのだ。菊之助はそこまで考え、視界が開ける思いとなった。

だが、なぜに浅草まで来てとの疑問は心の底に残り、拭《ぬぐ》いきれてはいない。そこに、菊之助は引っ掛かりを感じていた。

「お待ちどおさまでした」

吾助が包んだ物を持ってきた。一朱と引き換えに品物を受け取ると、菊之助は外へと出た。

「……元斎さんの、卦の見間違いじゃないんか？」

少し離れたところからもう一度三善屋の全景を見やり、菊之助は呟いた。

堂々とした構えの、どこに暗雲が立ち込めているのだと、首を捻りながら菊之助はその場をあとにした。


けったい長屋には寄らず、菊之助はそのまま元斎が店を出す伝法院に足を向けた。

床机に腰をかけ、元斎が道行く人の表情を探っている。時たまだが『そこの人……』と言って、呼び止めることがある。表情に陰《かげ》りがある者を放ってはおけず、相談に乗ることもある。そんな人を探す元斎の目であった。

「行って来ましたよ」

「どうだった？」

「新三郎の顔を見てきました。ちょっと冷たい感じがする男ですが、おれと張り合えるぐらい、女にもてますね。それで……」

菊之助は、見た様と吾助から聞いた話を語った。

「なんだ、親が許してる仲なようだと？」

「ええ。だから、なんの憂いもないはずで。ただ引っかかるのは……？」

「引っかかるのは、なんだと？」

「なぜにお美代さんはわざわざ浅草に来て、元斎先生の占いを頼ったのかと……？」

「なるほどな。それにしても、なぜにあんな思い詰めた表情だったのか？　なんとも分からんものだな」

「何を不安に感じてるのか、おれも分からなくなってきましたよ。もしかしたら、元斎先生の卦の見間違いじゃ……？」

失敬な言い方だと菊之助も自覚し、遠慮がちなもの言いとなった。

「そうかもしれんな。わしでも、見間違うことがたまにはあるからな」

怒るでもなく、元斎は素直に認めた。

「すまなかったな、朝早くから日本橋まで出向いてもらって」

「いや、暇ですから。まあ、何ごともなさそうなんで、こっちもほっとしましたよ」

互いのやり取りで、お美代の話は打ち切りとなった。

「ところで、菊之助の手に持っているものはなんだ？」

「手代から聞き出すのに、おかげで一朱も出してしまいましたぜ」

恨みがましいように、菊之助は顔を顰《しか》めて言った。

「そりゃすまなかったな。贈り物のようだが、そいつを誰にやるんで？」

「決めてはいませんよ」

吾助を遠ざけるために講じた手だと、菊之助は言った。

「そうだ、いい手があった」

菊之助に、閃きがあった。

「いつも、大家さんには世話になってるからな」

大家の高太郎にあげて、お亀にそれを渡す。

「それで、二人の仲は固く結ばれましょう」

高太郎とお亀の仲を結ばせようと、高価な半襟はそれに役立たせることにした。

「おお、いい考えだな、そいつは」

元斎も、諸手を挙げて賛同した。

四

それから一刻ほど経った昼過ぎ、お美代が独り元斎のもとへとやってきた。

元斎が、おやと怪訝《けげん》に思ったのは、お美代の顔が昨日よりもさらに青ざめていたことだ。気持ちも、沈んでいるように見える。

「よろしいでしょうか？」

気鬱《きうつ》が、のっけの声音に現れていた。

「ええ、お待ちしてましたよ」

親からも許された新三郎との仲だと、菊之助からは聞いている。その話の中身とお美代の様子が異なり、元斎は戸惑いを感じた。

「まあ、そこに座って」

向かいの床机にお美代を腰掛けさせ、元斎は何から訊き出そうかと考えた。お美代の顔色がまともであれば、何も心配はいらない。お幸せになりなさいと言って帰すのだが。そこで元斎は、自分の卦が正しかったかどうか確かめることにした。そして、半紙にもう一度二人の名を並べて書いてもらった。

やはり、そこから現れている卦は大大凶である。

――おかしい。

と思うものの、それは顔には出さない。

占い師の表情一つで、客のその後の人生が変わることがままある。そんなところにも、気を遣わなくてはならないのが、一流の占い師たるものだと元斎は自負している。不安げな表情を、決して相手に見せてはならない。

「そうだ、お美代さんにどうしても訊きたいことがあった。来たら、訊いてみようと思ってたのだ」

元斎は、気持ちを落ち着かせようと本題から話を逸《そ》らした。

「なんでしょう？」

「なぜに、わざわざ浅草なんかに来て占いを……？」

「ある人から聞いたのです。浅草広小路の、伝法院入り口に出ている占い師はよく当たると。それと、日本橋界隈で見てもらうのは、ちょっと気が引けまして……」

お美代の話は、元斎にとってもすこぶるうれしい答であった。それに、お美代の気持ちも分かる。近所では、お美代の顔は知られている。三善屋の娘が占いの卦を見てもらっているところを、他人に見られたらどう思われるか。

——なかなか冷静なものだな。

そこまで気を回すお美代を、元斎は意外に思った。

菊之助が抱いていた疑問も、聞いてみればなんということもない。謎が解ければ、話を引き戻さなくてはならない。

元斎は、菊之助の探りで知っている。新三郎との仲は、親も許していることだと。

だが、あえて元斎は逆を突く。

「親御さんからこの縁談は反対されてるようだが。どうなんだろう、二人して真剣にお願いしてみちゃ」

「えっ？」

これまでうつむいていたお美代が、顔を上げて驚く表情を向けた。

「私、親が反対してると、きのう言いましたっけ？」

「言ったというより、そのことを訊いたらうなずいていたではないか」

「あのときは気持ちが落ち着かず、ついうなずいてしまいました」

「すると、二人の仲は三善屋のご主人も承知のことで？」

「はい。新三郎さんを連れてきたのは、お父っつぁんですから。婿《むこ》養子のつもりで」

「なるほど、婿養子か」

二人は相思相愛で、しかも親がもってきた縁談。どこにも憂いなどない、本来なら、良縁ととってよい。

だが、どうしても元斎が腑《ふ》に落ちないのは、占いに出た卦である。一度は間違いだと思い、今度は、筮竹を使って占いを立ててみた。やはり、難事が避けられない凶運が出ている。

元斎は、お美代に打ち明けることにした。

難事を避けるため厳しい見立てを語るのも、占い師の務めだと。

「実はなお美代さん……」

「はい」

お美代の面相が変わっているのに、元斎の目が大きく瞬《しばたた》いた。聞く覚悟を見せているお美代に、驚きを感じたからだ。

「実は、新三郎さんとの縁談は凶相と出ている。それも、かなりの大凶だ」

元斎は、一気に言い放った。しかし、お美代を見ると動転どころか、その逆である。青みがかっていた顔色が、上気しているか頰に紅が差している。

「やはり、でしたか」

思いもよらぬお美代の返事に、動転したのは元斎であった。

「やはりって……？」

「私、元斎先生がいつ本当のことを話してくれるのか、待っていたのです。なんだか、これまで話を逸らしていたようで……ええ、言い辛いことは分かっていました」

「というと？」

「変なことを言うと私、大川に飛び込むんじゃないかと、そんな心配をしてたのですね？」

「…………」

お美代のほうがお見通しであった。元斎は言葉も出せず、小さくうなずくだけであった。

「そこが、元斎先生のいいところ。だから、わざわざ日本橋から来たのです。噂に違わぬ占い師さんでした」

「すると、お美代さんは何を訊きたいのかな？」

「新三郎の、本性を知りたいのです」

お美代が、初めて敬称をつけずに言った。

本性という言葉が、暗雲を感じさせる。

「いったいどういうことで？」

元斎が、易台の上に身を乗り出すようにして問うた。

「あの人、何を考えているのだか。ちょっと、怖いのです」

「怖いって、何が？」

「それを知りたくて、ここに来ました」

「細かなことまでは卦には出ないが、その新三郎という男との縁談は『不相応』と出ていた。ええ、それも新三郎さんのほうに難があると」

不相応といっても、お美代は驚きも悲しみもしない。むしろ、うなずくところは承知をしてさえいるようだ
「元斎先生、私どうしたらいいのでしょう？」

恋愛が、成就するかどうかなど問題ではない。創業二百年の老舗、三善屋の命運がかかる大問題にならんとしている。

元斎は腕を組んで、しばし考えに耽《ふけ》った。そして、考えがまとまったか、顔をお美代の正面に向けた。

「お美代さん、まだ帰らなくてだいじょうぶかな？」

「はい。夕方までは……」

「だったら、ついてきてくれるかな？」

「はい。どこへなりとも……」

まだ昼を過ぎたばかりである。今日は店じまいだと、易台を畳んだ。

『本日の占　休み〼』と書かれた紙を築地塀に貼り、元斎がお美代を案内したのは、諏訪町のけったい長屋であった。


井戸端では、女房のお松が洗い物をしている。

「あら、あんた早いお帰りで……仕事はどうしたんだい？」

娘連れであるのに、お松の声音が尖っている。

「ちょっと菊之助に話があってな。帰ってるかな？」

「いや。菊ちゃんは、まだのようだよ」

菊之助の行く先は分かっている。表通りの向かいにある、材木問屋の頓堀屋である。

「菊之助の隣が空いてるだろ。お松、この娘さんをそこで待たせてもらってくれ。大層なところの娘さんだから、茶菓子でも出して粗相のないようにな」

「あいよ」

事情《わけ》があるものと知って、お松の声音が丸くなった。

それから間もなくして、元斎が菊之助と共に戻ってきた。

「お美代さん、入るよ」

一度声を通し、お美代の返事を待って元斎が障子戸を開けた。

六畳間の中ほどに、お美代がポツンと座っている。膝元に、湯呑みの茶碗が置いてある。お松がきちんともてなしていた。

お美代が、菊之助の顔を見て目を丸くしている。

「どこかでお会い……えっ、さっきお店に来ていた……？」

暖簾の陰から、お美代は菊之助に気づいていた。

「覚えてましたかい？　あらためて、おれは菊之助っていいます」

笑みを含ませながら、菊之助は自ら名乗った。

「私、美代と申します。すごくご様子がいいので、すぐに気づきましたわ」

「その派手な形《なり》では、誰だって目がいくだろうよ」

元斎の顔にも笑いが含まれている。

「ところでだ……」

笑みを消して、元斎は真顔となった。

「種を明かすと、この菊之助に三善屋さんを見てきてもらったのだ。ああ、新三郎さんの様子もな。お美代さんは、ずっと暖簾に隠れて新三郎さんを見ていたらしいな」

「はい。そこまでご覧になっていたのでしたら、お話しします。あれは、新三郎に見とれていたのではなく、動きを見ていたのです」

「新三郎の動きを見てたって？」

「ええ……新三郎のそばに、誰か近寄ってくるのではないかと。実はあのとき、菊之助さんがもしやそれかと思ったのです」

「誰かってのは？」

菊之助の問いに、お美代は小さくうなずくも、その先の言葉が出てこない。

「どうやら、新三郎さんの素性を、お美代さんは知っているようだね。そいつを小生たちに聞かせてくれないか。軟弱に見えても菊之助は、かなり頼りになる男だ。小生だって、お美代さんのことで相談をかけたくらいだからな。小生は、他人には客の話は一切《いっさい》せんのだが、何か気になったことがあれば別だ。申しわけないとは思ったが、これも三善屋さんのことと思って許してくれ」

元斎は、深く頭を下げて謝《あやま》った。

「いえ、よろしいのです。むしろ、お気にかけていただきありがたいです。それと、ご心配をおかけして謝るのは私のほうです」

互いの謝罪で、話は先へと進む。

「ところで、お美代さんは新三郎の何が気になるんだい？」

菊之助が、誘導するように訊いた。

「あの人、裏の顔をもっているようで」

「裏の顔……？」

お美代の答に、菊之助と元斎は顔を見合った。

「なんだい、その裏の顔ってのは？」

元斎が問うた。

「それがなんだか分からないので、すごく心配なのです」

「よければ、お美代さんがそんな思いになった経緯《いきさつ》を聞かせてくれないか。事と次第によっては、こいつが味方になってやるぜ」

菊之助は、言いながら腕をめくった。二の腕に、大きな緋牡丹《ひぼたん》が一輪彫られている。

「おれは、ぬけ弁天の菊之助ってんで。白浪五人男の、弁天小僧の向こうを張ってる」

菊之助が、威勢を示した。

「どうだ、頼もしいだろ？」

「ええ、まあ」

元斎が押すと、お美代の呆《あき》れ口調が返った。

五

お美代が、これまでの経緯を語る。

「一月《ひとつき》ほど前のことでした。お父っつぁんが、一人のお侍を連れてきまして……」

「お侍……？」

「はい。その名を、古川《ふるかわ》新三郎と申します」

「えっ、町人ではなかったのか？　だったら、話は違ってくるぞ」

元斎が話を遮り、菊之助とお美代が怪訝そうな顔を向けた。

「違うって、なんでだい？」

菊之助の問いに、元斎が小さくうなずく。そして、手提げの袋から書道具と紙を取り出した。畳の上で『古川新三郎』と書いて、その横に美代と書き並べた。そして、さらに字の横に画数を書き入れる。

「苗字があったのなら、それも入れなくてはならないのだ。卦はまったく異なってくる」

　そして、手提げの袋から冊子を取り出す。表紙には『天真易《てんしんえき》　五運吉凶卦早見』と記されている。

「天格八、人格十六、地格二十五、外格が十七、そして総格三十三か……」

　姓名判断の基本である、五運の卦を元斎は小声に出した。その元斎の表情を、お美代がのぞき込むように見ている。

「卦が出たぞ」

　名だけだと、大大凶運と出た。そこに天格の姓が入れば、かなり異なってくる。

　おもむろに、元斎が口にした。しかし、眉間に皺が寄っているところは、あまりよさそうではない。

「ますます凶運が漂っている。前よりも、はっきりとした卦が出た」

「どんな卦が出ましたんで？」

　菊之助が、間髪《かんはつ》いれずに訊いた。

「こいつはいかんな。行く先々に、災いをもたらすとある。早い話、新三郎はかなりの悪党とみていい」

「悪党？」

一言吐いて、お美代の顔が引きつりを見せた。

「やはり、この縁談はどうみても凶運が漂っている」

「そうなると、古川新三郎の正体を暴く以外にないな」

元斎の言葉に、菊之助が乗せた。

「お美代さん、新三郎のことを詳しく聞かせてくれ」

今度は、菊之助が身を乗り出している。

「はい。古川新三郎は、小普請《こぶしん》組の支配下にあるお旗本古川又兵衛《またべえ》様の五男でして……」

武家の五男ともなると、家督相続からは遙かに遠縁となる。冷や飯喰らいもここまでくれば、何をやろうにも自由気ままである。そこは、本多家の四男坊として生まれた菊之助と、境遇がよく似ている。ちなみに菊之助の本名は本多剛之進《ごうのしん》といって、その名は家を勘当されて出たと同時に捨てている。以来、菊之助が本名を名乗ったことは一度もない。

「新三郎は、小さいころより武士よりも商人になりたかったみたいです。それで、剣術よりも読み書き算盤《そろばん》と、商いの諸方を学んできたようです」

「おれとは違って、立派な心がけだな」

菊之助が、ふと口ずさんだ。

「これからは、武士よりも商人の時代だ。世の中が、大きく変わろうとしているからな」

元斎が、菊之助の言葉に乗せた。

「ところでです……」

話が脇道に逸れるのを、お美代が修正する。

「そうだったな。商人になりたいなら、それでいいのではないのか。おれのような、あんないい男が跡取りになるのだったら、何も問題がないのでは」

「それでしたら、わざわざここには来てません」

菊之助のかき混ぜに、お美代のいらつく口調であった。

「すまん。それで、三善屋のご主人はなんで古川新三郎という男を連れてきたので？」

「それが、いきなり私の前に連れてきて『新三郎さんと美代は所帯を持つのだ』と言うのです。私本来、面相のよい男なんて好きじゃないんです。少しくらい、醜男《ぶおとこ》のほうが性に合うのです」

意外なお美代の言葉に、菊之助は渋顔を作り、元斎は笑顔となった。

「しかも、お武家様でしょ。どうしてって訊くと、お父っつぁんは『言うことを聞け』の一点張りで。父親には逆らえないし。それで、私は渋々承諾したのですが、何か新三郎に納得がいかなくて……」

「どこに納得できないと？」

「ちょっと気になったので、大番頭の多兵衛《たへえ》さんに訊いてみたのです。すると多兵衛さんも『あの新三郎さんなら間違いありません』と、太鼓判を捺《お》すではないですか。そうなると、私の取り越し苦労かとなります。それで、お父っつぁんが新三郎を連れてきた理由《わけ》だけでもと思い、多兵衛さんに訊いたのです」

そのときのことを、お美代は回想して語る。


一月《ひとつき》半ほど前のこと。

「三味線堀《しゃみせんぼり》の近く……三味線堀ってご存じで？」

「ああ、ここからはそんな遠くない」

浅草から下谷にかけての、広大な武家地の中ほどに三味線の撥《ばち》の形をした池がある。上流は上野から流れきた忍川《しのぶがわ》の水が溜まり、流れ出る下流は鳥越川《とりごえがわ》となって隅田川《すみだがわ》に注ぐ。

三味線堀添いに、秋田《あきた》藩は佐竹右京大夫《さたけうきょうのだいぶ》の上屋敷がある。

「その佐竹様からのご注文で、着物の反物を五十反納めたのです。そして、手代の与《よ》ノ助《のすけ》さんが百両の掛け取りをした帰り、五人の暴漢に襲われたのです」

見てきたような口調で、お美代が語る。その話術に、菊之助と元斎は引き込まれる。

「それで……？」

一呼吸置くお美代を、菊之助が先を急かせた。

人の通りがまったくない、細い道から広い通りに出る半町ほど手前のところであった。

「相手は黒覆面《くろふくめん》を被《かぶ》った浪人風情《ふぜい》。五人揃って刀を抜いて襲ってきたのです。日ごろから、そのようなときは命のほうが大事なので、金を渡せと言われています。大方は、十両も渡せばおとなしく引き下がると。ですが、五人の徒党は十両では満足いかず、有り金全部の、百両を渡せと脅したそうです」

全額盗られたら、商いが成り立たない。それだけはできないと、与ノ助は拒んだ。与ノ助の担ぐ行李《こうり》に、百両が入っている。抜かれた白刃の鋒《きっさき》が与ノ助に向いている。

「――かまわねえからやっちまえ」

ここで与ノ助は、死を覚悟したという。一人が上段に構え、与ノ助を狙って足を一歩踏み出したところであった。

「待て！」

止める声がして、与ノ助を斬ろうとした浪人は上段に構えた刀を下ろした。

「おまえらか、最近この辺に出没する強盗は？　きょうこそ拙者が退治してくれよう。五人揃ってかかってこい」

救いの神とは、まさにこのことである。与ノ助は道端に逃れ、九死に一生を得た。五人対一人の剣戟がはじまる。しかし、剣の実力に雲泥《うんでい》の開きがあった。助けに入った侍の大刀は十振りもしないうちに、浪人たち五人の、体のどこかを刀の棟で打ち据えていた。

五人が苦痛で顔を歪《ゆが》め、地べたに這いつくばっている。それにしても弱い浪人たちだと、与ノ助はのちに語っていたという。

「今のうちに逃げたらいい」

「なんとお礼を申してよいのやら。よろしければ、お名をお聞かせ……」

「名などよい。それよりも、早く行かんとこいつらが立ち直る」

「いや、帰ってこのことを主《あるじ》に伝えなくてはなりません。どうぞ、お名をお聞かせください」

与ノ助は、執拗に侍の名を訊いた。

「分かった。だが、ここではこいつらに名を聞かれる。お礼参りなどがあったらたまらんからな。ならば、途中まで一緒に行こう」

途中まで警護をしてくれるというので、与ノ助にとってはありがたかった。

「拙者の家は、こっちだ」

与ノ助が戻る道と、同じ方向に歩いていく。追剝の浪人たちは追ってくるどころか、逆方向に逃げていった。

「拙者、古川新三郎と申す」

しばらく歩いて、侍は名を語った。それから二つ、三つ辻を曲がり小身《しょうしん》旗本、御家人の屋敷が立ち並ぶ一角に出た。

「ここが拙者の家だ。気をつけて帰られよ」

と言い残し、新三郎は脇戸を開けて屋敷の中へと入っていった。

与ノ助は三善屋に戻ると、事の一部始終を大番頭の多兵衛に告げた。そして多兵衛は、主善左衛門の耳に入れた。

翌日早速、善左衛門は与ノ助を案内に立て、古川の屋敷へと赴《おもむ》いた。

「――新三郎様を、ぜひうちの婿に」

「呉服商の大店三善屋の身代を継《つ》げるとあっては、新三郎としても本望であろう」

三善屋の跡取りとあらば絶好の条件と、父親の古川又兵衛も乗り気となった。

古川新三郎とお美代の縁談は、互いに顔を合わせないうちに、親同士の間でとんとん拍子に進められた。そして半月ほど前、手代格として新三郎が住み込んだのであった。


お美代はそこまでのことを、大番頭の多兵衛から聞き出していた。

「菊之助、何か臭わんか？」

話をすべて聞いて、元斎が首を捻《ひね》った。占い師としての、第六感が巡った。

「ええ、なんとなく臭いますね」

「そう思うでしょ？」

お美代の目に、輝きが生じた。ようやく分かってくれる人に巡り合えたという、安堵と期待の入り混じった眼であった。

「お父っつぁんからおっ母さん、そしてお店の人までみんな、新三郎のことを『いい人だいい人だ』って褒《ほ》めるでしょ。私だけどうも、気持ちがそぐわなくて……」

簪をビラビラさせて、お美代が首を振る。

「そうだ、新三郎を訪ねて誰か来るとか言ってなかったか？」

問いは元斎からであった。

「はい。五日ほど前、私、見ちゃったのです」

「何を見たって？」

菊之助が問う。

「家の裏木戸の前で、浪人風の男と新三郎が話をしているところを」

「浪人風だって？」

手代与ノ助を襲った浪人と、思いが被《かぶ》る。

「そして話し声を聞いちゃったのです」

「なんと言ってた？」

菊之助と元斎の体が前のめりになった。そして、お美代から次に出た言葉に固唾《かたず》を呑んだ。

「はい。新三郎があたりを見回しながら『ここに来ては駄目だと言ってるだろ』と、はっきりと聞こえました。すると浪人が『殿から早くせよとの……人が来た。それじゃ……』と言って、足早に戻っていきました」

このことは、お美代以外に知らない。

「この話はお二人以外に、誰にも話しておりません」

と、お美代は言葉を添えた。

「殿ってのは、新三郎の親父《おやじ》ってことか？　たしか、古川又兵衛とかいってたな」

「早くって、なんの意味だい？」

元斎と菊之助のやり取りであった。

「なんだか、そいつが大きな意味を持ってると、小生の占いの勘が言ってる。菊之助、そいつを確かめてみたらどうかな」

「おれもそう思ったところですぜ、元斎先生。なんだかよからぬことが起きるような感じがする。それを未然に防がなくてはならねえ」

菊之助が伝法《でんぽう》な言葉で返したところに、昼八ツを報せる鐘の音が聞こえてきた。

「私、そろそろ戻らなくては」

「そうかい。ならば、新三郎の探索は、こっちに任せてくれ」

「はい。私もぞっこんの振りをして、新三郎の様子を見てますわ」

「何かあったら、お美代さんとのつなぎをどうしようかな？」

菊之助は考え、すぐに良案が浮かんだ。

「だったら吾助さんを味方につけよう。どうだい、お美代さん」

吾助という手代は、新三郎に不快な感情を抱いている。

「吾助さんだったら実直で、頭が切れます。そういえば、先ほど話をされてましたね」

「ああ、そんなんで顔見知りとなった。おれが着物を買う振りをして、吾助さんにつなぎを頼む。そんな段取りでどうだい？」

「はい。それで、よろしいかと」

あとは、古川新三郎のきな臭い周辺を菊之助が探る手立てとなった。

「それでは、私はこれで」

「小生も仕事に戻らんと……きょうは休みとしたかったが、少しでも稼がんとな」

お美代は日本橋の三善屋に戻り、元斎は伝法院の大道に戻り、菊之助は古川家の周りを探ろうと動き出した。

六

三味線堀の近くと思っていたが、古川家の屋敷はそこより南に三町ほどいった、向《むこう》柳原《やなぎわら》といわれる地域の中にあった。神田川からは、北に二町ほどのところである。

広い敷地の大名屋敷の塀沿いに向かい合って、小さな武家屋敷が建ち並んでいる。

通りすがりの武家娘に古川の屋敷を訊いて、容易に知れた。

「ここか」

三百石取りの旗本屋敷の敷地は、四百坪ほどある。ここは屋敷の在り処を知ればよい。いつかは、踏み込まなくてはいけない屋敷であると、菊之助にそんな気が巡った。

「……五人の浪人というのを、探せればいいのだが」

門前で立ち止まり、菊之助は考えていた。すると、ふと頭の中に浮かんだことがあった。

三善屋の手代となった新三郎を訪れた浪人が『殿』と言っていた。それをお美代が耳にしている。

「もしや、浪人てのは……ここの家臣？」

与ノ助を襲った浪人風情は、覆面で顔を隠していた。その面相は分からないが、それがむしろ策に溺れることになるのではないかと菊之助は踏んだ。

「三善屋を狙っての狂言かい……早くせよって、どういう意味だ？」

疑問を投げつけるのは、自分に向けてである。

するとそのとき、屋敷の中から話し声が近づいてきた。菊之助は咄嗟《とっさ》に、欅《けやき》の幹に身を隠した。

脇戸が開いて、三人の侍が出てきた。みな、薄汚れた小袖に平袴《ひらばかま》姿である。頭はぼさぼさの浪人髷《まげ》で、風貌はよくない。だが、腰に差す二本の刀は堂に入っている。

与ノ助が言っていた、弱い侍にはとても見えない。これほどの侍五人相手に、いくら新三郎が剣の腕が立とうが、たちどころに叩きのめすことは不可能である。しかし、芝居であればあり得る話だ。

「間違いない！」

菊之助は一声発し、臍下《へそした》三寸の丹田《たんでん》に力を込めると浪人たちのあとを追った。こういうこともあろうかと、菊之助は千本縞《せんぼんじま》の地味な着流しに着替えている。

三百石の旗本ならば、軍役で槍もち足軽など七、八人の家来を抱える。どうやらその類《たぐい》の侍たちではなさそうだ。

よほどよいことがあったのか、三人の話し声が弾んでいる。うしろを尾《つ》けてもその声は拾えた。

「どうだ、少し早いけど一杯呑んでいくか？」

「そうだの。しばらくは江戸におられんからの」

「だったら、両国広小路にでも繰り出すとするか」

三人それぞれの声音を、菊之助はとらえた。

――江戸におられんて、どういう意味だ？

「……逃げるってことか」

ますます怪しさがほとばしる。菊之助は意を強くして、あとを追った。

向柳原から新シ橋《あたらしばし》で神田川を渡り、柳原通りを東に向かう。やがて江戸屈指の繁華街両国広小路へと来た。

「どうだ、鰻《うなぎ》でも食いながら……」

「白焼きで一杯ってところか」

鰻は冬場が旬である。近年夏場に食すのは、その昔偉い学者が夏にも売れるようにと、鰻屋に頼まれての作り事であった。

菊之助も、鰻には目がない。ここは好都合と、三人に遅れて鰻屋の中へと入った。

酒を呑むには中途半端な刻であるだけに、幸い店は空いている。小上がりに衝立《ついたて》が立ち、それを挟んで菊之助は席を取ることができた。その席はお二人さま以上でという店の方針に、菊之助はしばらくあとで二人ほど来ると、方便を語った。

酒と白焼きを注文をして、衝立の向こうに耳を傾ける。

よほど懐《ふところ》が暖かいのか、注文の品は豪勢である。とてもやさぐれ浪人が普段食せる物ではない。富豪の高太郎でさえ、躊躇《ちゅうちょ》するであろう高価な物を片っ端から頼んでいる。

古川家からの前金があったと知れたのは、一人が放つ次の言葉であった。

「前金の五十両……久しぶりに、羽振りよく食えるな」

仕事料は、前金後金に分けて支払われるものらしい。

「……押し込みは近いな」

呟く菊之助の耳は、ますます研《と》ぎ澄まされた。

「おい、まだ調子に乗るのは早いぞ」

「あさっての夜か。いよいよだな……」

「おい、そのことはここでは口に出すな」

「ああ。分かってるが、どうも気が落ち着かんでな」

「そんなことで、どうする。しくじりは許されんのだぞ」

「二人とも、その話はするなと言っているだろ。逸《はや》る気を落ち着かせるために、ここで呑むのではないか」

三人の、誰が誰の言葉だか分からぬが、菊之助には話の内容が筒抜けである。もう一つ、確たる証《あかし》を口に出してくれたらすべてが解明すると、菊之助は耳をさらに鋭敏にさせた。

「先だって新三郎さんが蔵の鍵……」

「もう、外ではその話はよそう。それよりも、ここで呑んだら川舟を雇って吉原《よしわら》にでも繰り出そうではないか。宮本《みやもと》と藤田《ふじた》には黙っていようぜ」

「ああ、そうだな。あいつらは、ここにおらんのがいかんのだ」

ここにいる三人と合わせて五人。数は合うと、菊之助は黙ってうなずく。

「それにしても、吉原なんかに行くのは、何年ぶりになるかな」

「これまでの鬱憤《うっぷん》を晴らしてやる」

よほどの稼ぎとなるのか、気持ちが弾んでしばらくは吉原の話で盛り上がっている。

言葉の弾みというのは気をつけたほうがよい。

「それにしても、あの三善屋を狙うなんて……」

「おい、口を止めろ!」

「おまちどおさまでした」

鰻を配膳する、仲居の声が重なった。菊之助はここで、浪人たちから耳を離した。

どうせこのあとを追っても行き先は分かっている。吉原まで追うことはないと、できてきた鰻の白焼きで二合の酒を呑むと、菊之助は鰻屋をあとにした。

古川新三郎は、夜盗の引き込み役であった。

「……旗本ともあろう武家が、押し込み強盗とは世も末だ」

たしかに世の中は動乱の真っ只中である。武士の身分も、明日はどうなってしまうか分からないほど混乱している。

大店を襲い、大金を奪い取る策略であった。

古川家に、金の焦りを感じる。

——早くしろとはそのことか？

五十両の前金は出せたが、その数十倍が見込める犯行と菊之助は踏んだ。

そうでなければ、せっかく逆玉《たま》の輿《こし》に乗ったのである。黙ってても三善屋の財産は転がり込んでくるのだ。だが、それすらも待てずに強奪する計画であった。

五人の浪人を雇って、一芝居打った。端《はな》から三善屋に狙いをつけていたものと読める。

その証が、菊之助の脳裏をよぎる。『……有り金全部の、百両を渡せと脅した』と、お美代の語りにあった。

――浪人たちは、佐竹様のところから受け取った百両という額を知っていた。

「これも、新三郎の差し金かい。なんて野郎たちだ！」

憤慨が独り言となって、菊之助の口から漏れた。

「……あさっての夜と言ってたな」

その先は、けったい長屋に戻ってから考えようと、菊之助は浅草御門で神田川を渡ると蔵前通りを北に向かって急いだ。


その夜のことである。

三善屋善左衛門は、自分の部屋にお美代と新三郎を呼んだ。

お雛《ひな》様のように二人で並ぶ姿を、善左衛門は目を細めて見ている。五十を前にした男に、大店の主としての貫禄が滲み出ている。だが、このところ体調も崩れがちで、仕事も大番頭に任せることが多くなってきていた。

――お父っつぁん、また痩せたかしら？

お美代なりに、善左衛門の体が気になっていた。

「どうだ、仲睦《なかむつ》まじくしておるか？」

「はい。手前も仕事に慣れましたし、お美代とも……ですが、まだ手を一つ握ってございませんからご安心ください」

「そうか。新三郎さんは固い人物だと、お父上の又兵衛様も自慢しておった。それにしても二人並ぶと、まさに雛壇の天辺《てっぺん》にいる内裏《だいり》雛のようだ。相思相愛の仲とは、かくもこの二人のことをいうのだろうな」

善左衛門の言葉に、お美代はうつむいて聞いている。恥ずかしさではなく、別の思惑が頭の中をよぎっているからだ。

「お父っつぁんったら」

口から出るのは、思いとは裏腹の言葉である。ただ、急に二人を呼んだ善左衛門の意図が分からない。

「まあ、そんなに恥ずかしがることはなかろう」

「旦那様がそれほどまで思っておられるのでしたら、手前も武士を捨てた甲斐があるというものです」

「そう言っていただくとありがたい」

善左衛門は、まだ新三郎を奉公人というより武家の倅であることが意識の中にある。言葉遣いも、遠慮がちとなっている。

「ところで、きょう二人を呼んだのはだ、わしもそろそろ隠居を考えている。体がいうことを利かぬようになってきてな。わしの一生の不覚は、男児を作らなかったことだ。お美代にはすまぬが、三善屋の身代は代々男が継ぐと決まっている。だが、ここにきて倅ができた。まさに三善屋を継ぐに相応《ふさわ》しい男だ。そんなことで新三郎さんを、あしたから番頭とすることにした。大番頭の多兵衛の下について、これからも精進してもらいたい」

一月《ひとつき》も経たずに、三善屋の番頭になるとは大大大抜擢である。手代が三十人もいる中で、その末端からいきなり番頭と告げられ、新三郎の顔は引きつっている。それが戸惑いなのか、喜びからくるものかは分からない。お美代は、そんな新三郎の横顔を見て脳裏によぎるものがあった。

──何を企《たくら》んでいるの？

新三郎の、心の奥が分からない。元斎の出した占いの卦が当たっているならば、新三郎は三善屋に災いをもたらす存在である。

「お美代も……」

善左衛門から名を呼ばれ、お美代は我へと戻った。

「あっ、はい」

「何を考えているのだ？　そうだの、ずっと新三郎さんの横顔を見やっていたからの。そうなると、早く新三郎さんと正式に所帯をもって、やや子を産みたいだろうにな。父親からこんなことを言うのもなんだが……」

その先の言葉が出ずに、善左衛門がためらっている。だが、顔は笑っている。

「お美代……」

「はい」

「もう、操《みさお》は守らんでもいいのだぞ」

その言葉が何を意味しているか、お美代と新三郎には充分に伝わる。

「お父っつぁんたら……」

しかし、お美代には笑みがない。新三郎は危険な男だと、のど元まで出たがお美代は堪《こら》えた。余計なことはせずに普段の様子でいてくれと、菊之助と元斎に言い含められているからだ。今となっては、この二人を信用するほかない。

「それと、祝言は正月が明けたころに盛大に催すことにする」

祝言の段取りまでも、すべて親の言い成りである。

「どうだ、それでいいか？」

どうだと問われても、この縁談は近々破局するに決まっている。新三郎の頭の中でも、そんな考えが浮かんでいるはずだとお美代は読んでいる。

――知らないのは、お父っつぁんだけ。

「手前に、依存はありません」

お美代の思いと、新三郎の答が重なった。

「それにしても、刀を捨てるのを、よく決心してくれたな」

「はい。子供のころより、商人になりたくて算盤《そろばん》ばかりはじいてましたから。これからの時代、刀は誰も持たなくなりますよ」

――嘘ばっかり。

お美代の思いは、善左衛門には届いていない。

「さすが、先見の明がある。わしも、そう思っていたところだ」

さらに目を細めて、善左衛門が返す。

――お父っつぁん、いい加減に気づいてよ。

子供のころから算盤しか習っていない男が、どうして五人の浪人を簡単に打ち負かすことができるの。それ一つとっても、お美代には新三郎に対する不審が募るばかりであった。

七

お美代の縁談は、表向きにはまとまりつつある。

そのころ、けったい長屋の菊之助のもとに三人集まっていた。菊之助一人では、五人の徒党とやり合うにはいささか不安である。そこで、担ぎ呉服屋の定五郎と灸屋の兆安にも助《すけ》てもらうことにした。そこに元斎が加わり、事の経緯を二人に話した。

「へえ、あの三善屋がそんなことになってるんかい」

元斎と菊次郎からあらかた話を聞いて、定五郎が腕を組んだ。同じ呉服屋でも大店と行商では月と鼈《すっぽん》の違いがあるが、扱っているものは同じ呉服である。

「それで、俺たちに何をやれと？」

事の詳細は聞いたが、頼まれごとは聞いていない。兆安が上半身を乗り出して訊いた。その仕草をするときは、話に乗ったとの意思表示でもある。

「押し込みは、あさっての夜。狙いは蔵の中にある金でしょう。四千両あると聞いてます」

「四千両ってか」

定五郎が、呟くように口にする。この暮れにきてその百分の一、いや二十両でもあればとの思いが面相に宿っている。

「それにしても、腑に落ちねえな」

兆安が剃ってつるつるとなった頭を手で撫でながら、呟くように言った。

「何が腑に落ちないと？」

「そうじゃねえか、元斎先生。あんたらだって、こんなことはすぐに気づくんじゃねえのか？」

「もしかしたら灸屋《やいとや》さんが言いたいのは、せっかく大店の婿に納まるってのに、なぜに急いで金を狙うのかってことかい？」

「ああ、そうだ。何も目先の四千両じゃなく、三善屋の身代ごと乗っ取ればそんなもんではすまないだろうに」

「誰でもそう思うだろうな。わしも、そう思う。だがな、金に切羽詰《せっぱつま》った者は、明日の千両よりも今日の一両のほうを欲しがるもんだ。占いの客には、そういう人たちが大勢来る」

「俺も気持ちが分かるな。年が明けての四千両より、今すぐ手に入るなら二十両だってかまわねえ」

定五郎が、商いの厳しさを口にした。

「よっぽどその古川って旗本は、金に困ってるんだろうよ。そんなんで、三善屋に白羽の矢を立て四千両強奪の絵を描いたんだろう」

「いや、四千両は奴らの手はじめだ。新三郎は、自分が絡んでいるなんて誰も気づいちゃいねえと思っているだろ。新三郎は、三善屋の喉元《のどもと》まで喰らいついて、大店の身代をけつの毛ばまで毟《むし》り取ろうって魂胆だ。おれは、そう見てるね。お美代さんさえ気がつかなければ、容易に叶《かな》うことだ」

菊之助が、自分の考えを語った。

「ところがどっこい、許婚《いいなずけ》のお美代さんがその魂胆に気づいた。そこに新三郎は気づいちゃいない」

「なるほど！」

元斎が言葉を添えると、定五郎と兆安が同時にうなずいた。

「それにしてもお美代って娘は、よくそこに気づいたな」

「ああ、かわいい顔をして気丈な娘だ。それに、色男ってのには目もくれない。菊之助と向かい合っても、眉一つ動かさないからな。そんじょそこらにいるいい男を見つけちゃ、きゃあきゃあ言ってる女どもとは器量が違う」

兆安の言葉に、元斎が重ねた。

あとは、どのようにして悪事を阻止するか。その手立てに、四人の頭が回った。

翌日、菊之助は緋牡丹と菊の花があしらわれた振袖を着込み、三善屋を訪れた。

お美代の友人という触れ込みで、誘い出す算段であった。

誰もそれが先《せん》だって訪れた菊之助と気づく者はいない。先だって応対した吾助ですら『これはお綺麗なお嬢さまで』と言ったくらいだ。

「菊が来たと、お美代さんに伝えてくれないかしら」

吾助には、お美代が菊之助のことを語ってある。

「はっ？　お菊さんて……」

「おれだよ」

菊之助は、吾助の耳元で囁くように言った。

「あなたは、菊之助……」

「大きい声を出さないでくれ。お美代さんの友達ってことで、呼んできてくれ」

分かりましたと、吾助はお美代を呼びに奥へと向かった。やがてお美代が店先に顔を現す。女形となった菊之助を驚いた目で見やったが、すぐにもとの表情に戻した。

「久しぶりね、お美代ちゃん。ちょっと、お茶でも飲みにいかない？」

お美代を外に誘い出す。新三郎は、この日も店先で女客の相手をしている。

「新三郎さん、ちょっと出かけてきます。このお方はお菊さんといって、私の友達」

「菊です」

菊之助は、新三郎に向けて頭を下げた。女客の相手に忙しい新三郎は、菊之助に愛想笑いを一つ向けただけであった。

五軒ほど先の甘味茶屋でのお美代との話は、四半刻ほどであった。そこに、明日の段取りをすべて伝え、お美代はその策に乗った。


そして、翌日の夜。

浪人たちの話が本当ならば、この夜、蔵の中にある金を奪いに来るはずだ。夜の帳《とばり》が下りたころ、新三郎の手で裏戸の閂《かんぬき》が外されていた。いっぽう、支払いに回す四千両の金が入った蔵には、頑丈な錠前がかかっている。

菊之助と定五郎と兆安の三人が、四千両が収まる蔵の中に入ってから半刻ほどが経っている。

お美代の手はずにより蔵の錠前が開けられ、賊を待ち受ける手はずを取った。そして外から錠前がかけられ、内側からは何があっても出ることはできない。

宵五ツを報せる鐘の音が聞こえてきた。近くで聞こえるのは、日本橋石町の時を告げる鐘である。

「あと半刻もしないうちに、必ず蔵の扉は開くはずだ」

菊之助が読みを言ったちょうどそのとき、ガチャガチャと錠前をいじる音が聞こえてきた。

菊之助の読みは外れた。半刻待つまでもなく、賊は合鍵でもって錠前を開けている。しかし、扉はなかなか開かない。合鍵だと微妙な引っ掛かりが違ってくるのか、すんなりと錠前が開かないようだ。

「……早く開けてくれ」

菊之助たちは祈る思いで、扉が開くのを待った。賊があきらめて、引き上げてしまうとこの策はおじゃんである。また新たな策を考えなくてはならない。犯行を阻止するには、この夜が千載一遇の好機なのである。

「おい、早くしろ」

外からも、声が聞こえてくる。

「合鍵が合わないようで……」

「なんだよ、それじゃしょうがねえな。そうとなったら、母屋に押し入って……」

無理やりにも奪い盗ろうかと、そんな話し声が聞こえてくる。

この策はしくじったと、菊之助は思った。だが、外には出られない。無理やりにもと言った言葉に、どれだけの人が犠牲になるか。

「弱ったな、こいつは。やっぱり、外で待つんだったな」

兆安が後悔を口にしたところ、カシャッと錠前の外れる音がした。それと同時に「開いたぞ」と、賊の喜ぶ声が聞こえてきた。

急いで手燭《てしょく》の明かりを吹き消す。

多くても相手は五人。しかし、浪人とはいっても二本差しの侍である。新三郎は、その中に交じっていないことは分かっている。

手燭に明かりを点《とも》し、入ってきたのは四人。そのうちの三人はやはり、鰻屋で鱈腹《たらふく》酒を吞んでいた浪人たちであった。大胆にも、覆面はしていない。簡単な仕事と侮《あなど》っているのであろう。

「……四人か」

「外に一人いるぜ」

「見張りだな」

声音を極度に押さえて、言葉を交わす。ならば、菊之助の木剣で二人。定五郎の帯締めの紐《ひも》で一人。そして、もう一人は兆安の太い鍼《はり》で急所を一撃。

音を立てずに、四人を沈めることができる。残った見張りの一人は、逃げようが何をしようがどうでもよい。

明かりが、四千両が積まれた奥へと向かっていく。菊之助たち三人は、物陰に隠れて気づかれていない。じっと襲いかかる機会をうかがっている。

千両箱は、一人一箱の勘定だ。それを担《かつ》いだ瞬間が、攻撃を仕掛ける機会だと踏んでいる。

「おい、あったぞ」

四つ重ねられた千両箱を目にして、浪人たちの目が輝いている。

「一人、一箱ずつ担ぐぞ」

よいしょと声がして、千両箱が浮いた。

「意外と、重いものだな」

「外に出れば荷車がある。そこまでの辛抱だ。よし、ずらかろう」

四人の肩に、千両箱が載ったところであった。

「外には出さねえぞ」

言ったが早いか菊之助、定五郎、兆安が四人に向けて襲いかかった。

菊之助は担いでいた木刀で、二人の肩と胴を打ち据えた。

定五郎が、帯締めの紐でもって一人の首を締め上げると、そいつは間もなくして落ちた。

兆安は、一人の首根っこを押さえると、首筋にプツリと鍼《はり》を刺した。体が痙攣《けいれん》して、しばらくは立ち上がれないツボである。

ほぼ一瞬で、土間に四人が転がった。

「何かあったか？」

蔵の中での異変を感じたか、見張りの一人が入ってきた。手燭の明かりに、四人が土間に転がる姿が浮かんでいる。

「おい、どうした？　うっ……」

五人目が、菊之助の一撃を背中に受けて土間へと転がった。

一晩このままにしておく。三人は外へと出ると、蔵の扉に錠前をかけた。

「おれたちの仕事はここまでです」

「これで、三善屋さんも救われたな。だが……」

定五郎には、不満がありそうだ。

「救ってあげたのに、何も礼がないのかい？」

晦日《みそか》の支払いに窮《きゅう》している。そんな憂いが、定五郎の言葉に表れている。

「まあ、そのうちいいことがあるから。つまらないことを言ってると、運も逃げていきますぜ」

菊之助が、定五郎を慰めるように言った。納得しているかどうか、定五郎は憮然《ぶぜん》とした表情であった。

それから数日後、お美代が伝法院で店を出す元斎を訪ねてきた。

「おかげさまで、救われました。翌日、御番所の手で賊に入った五人の浪人が捕らえられ、そして新三郎もすべてを白状しました。三善屋のことは、ずっと以前から狙っていたようでして、与ノ助さんを襲ったのもみな仕組まれた狂言であることが分かりました。旗本の古川様は、あちこちの札差《ふださし》から借金をして、相当お金に困っていたようでした。その返済にあてるため、そして新三郎を婿にして三善屋の財産を乗っ取ることと、二つの野望を抱いてました」

お美代の語りに、武家の社会は世も末だと菊之助は感じ取っていた。さらに、お美代は言葉をつづける。

「旗本の古川家にはお目付様の手が入り、この先お家は断絶するそうです」

お美代の顔は、以前と打って変わって明るい。

「そうだ、元斎先生」

「なんだい？」

「改めて私を占ってもらえませんか？」

「もちろんいいとも。見料は一朱だ。それで、何を……」

「私に、これからいい人ができるかしら？」

手相見で、お美代を占う。

「来春には、良縁があると出ている。子宝も、三人とあるな」

拡大鏡で、掌を見やりながら元斎は卦を語る。

「……そうだ、菊之助は独り身だったな」

小声で元斎が呟く。

「先生、何か言いましたか？」

「いや、こっちのことだ」

言いながら元斎は、菊之助の画数を数えた。

――こいつは良縁だぞ。

そんな卦が現れている。だが、元斎は菊之助の本当の名を知らない。将来を占うには、本当の姓名でなくてはならない。そうとも知らず元斎は、菊之助にお美代との縁談を持ちかけようと考えていた。

「私、いい男にはまったく興《きょう》が湧かないのです」

菊之助とお美代の縁談は、元斎が取り持つまでもなく破談となった。

第四話　闇からの泣き声

一

「なんだ、あの声は……？」

かすかに、ほんのかすかに菊之助の耳が赤子の泣き声をとらえた。

文久四年に、あと二日と迫った宵《よい》のこと。

年越しの煩《わずら》いなど微塵《みじん》も感じていない菊之助が、今夜もしこたま酒を呑み、浅草諏訪町のけったい長屋に戻ってきたのは、宵五ツを四半刻ほど過ぎたころである。蔵前通りから長屋に通じる路地に、菊之助が足を踏み入れようとしたときであった。

「……どこから聞こえる？」

菊之助は足を止め、さらに耳を澄ませた。

けったい長屋の南隣は、諏訪神社である。およそ六百年前の承久《じょうきゅう》の世に、信濃国《しなの》諏訪大社《たいしゃ》の御分霊がこの地に奉斎《ほうさい》されたとされている。小社であるが、由緒ある社殿である。

菊之助はぶら提灯《ちょうちん》を翳《かざ》しながら鳥居《とりい》を潜《くぐ》り、神社の境内に足を踏み入れた。木立に囲まれて、本殿がある。声は、そのほうから聞こえてくる。

「諏訪《すわ》神社か」

「あっちか」

赤子の泣き声が、次第に大きくなってきた。

本殿の脇に、小さな稲荷祠《いなりほこら》があった。菊之助は祠の前で立ち止まると、提灯の明かりを泣き声に向けた。提灯の明かりに驚いたか、赤子の泣き声がさらにけたたましくなった。

明かりの中に、搔巻《かいまき》に包まれた赤子が手足をばたばたとさせている姿が浮かぶ。

「こんな寒空に、捨て子か。こいつはいけねえ……」

木枯しの吹く極寒の下、一晩置いておいたら凍え死んでしまう。言うが早いか、菊之助は赤子を抱きかかえた。

赤子を抱くのに、菊之助は慣れていない。その不安定さが怖かったか、耳をつんざくほどの号泣となった。

「おー、よちよち。いい子だいい子だ」

体を揺すって宥《なだ》めると、いく分泣き声は小さくなった。菊之助は安堵するも、子供を捨てた母親に怒りが込み上げてくる。

「それにしても、こんな寒い夜に……犬や猫じゃあるまいし、馬鹿な親もいるもんだ」

まだ、生まれて一月《ひとつき》も経ってなさそうだ。

夜も更け、界隈は寝静まっている。菊之助は抱えている赤子をどうしようかと考えた。

「番所に連れていくのが一番か」

長屋に連れて帰るわけにもいかない。ここは届け出るのが賢明と、諏訪町の番屋に向かうことにする。そして、諏訪神社の境内を出ようとしたところであった。

菊之助の腕にぬくもりを感じたのだろうか、泣き声はすっかりと止み、笑顔を浮かべている。

菊之助に、すぐに手放せない情が湧いてきた。

「今夜一晩、うちに泊まるかい？」

菊之助は赤子に話しかけた。すると、きゃっきゃとはしゃぐ声が返ってくる。

「そうか、あんな寒いところになんか行きたくないよな。だったら、一緒《とも》に来るか」

菊之助が、赤子を抱いたままけったい長屋へ戻ると、数軒の明かりが点っている。

そこから六人ほど家の外に出てきていた。

「皆さん、どうかしたので？」

「赤ん坊の泣き声がしてな……」

菊之助の問いに、担ぎ呉服屋の定五郎が答えた。

「だったら、この子だ」

言って菊之助は、抱えた赤子を前に差し出した。

赤子を抱いた菊之助に、みな一様に驚く顔を向けている。

「どうしたんだい、その子？」

問うたのは、四十歳をいくらか超えたおくまであった。六軒長屋の、木戸から三軒目に独りで住んでいる。隣は定五郎の家で、もう片方は独り身で、耳の遠い和助《わすけ》という爺《じい》さんが住んでいる。

「諏訪神社の境内で泣いていたんで拾ってきた。あしたの朝にでも、番屋に届けようかと思っている」

「捨て子かい」

するとと、たちまちおくまの血相《けっそう》が変わった。

「駄目だよ、そんなことしちゃ。番屋なんかに連れてったら、この子がかわいそうじゃないか……あんな、寒いところ」

普段は無口なおくまが、顔を真っ赤にして拒む。

「だったらどうしたらいいんだい？　とりあえず一晩でも置いてあげようと連れてきたんだが」

「お役人のところになんか、連れてっちゃ駄目」

「駄目とは言ってもな、おくまさん……」

定五郎が口を挟んできた。

「この子はね、あたしが引き取って育てるよ」

「なんだって！」

いくらなんでも決めるのが早すぎると、驚きの声がそろった。思わぬおくまの言い出しに、その場にいる全員が唖然としている。

「育てるって……？」

菊之助の口があんぐりと開き、言葉にならない。

「ええ、あたしが育てるって言ってんだよ」

「おくまさん、自分が何を言ってるか分かってるんか？」

褞袍《どてら》で寒を防いだ灸屋《やいとや》の兆安が、呆《あき》れ口調で訊いた。

「分かってるさ。当たり前じゃないか」

一度言い出したら引かない、おくまには頑《かたく》なところがある。普段は人当たりのよいおくまであるが、人が変わったように目つきと口調が鋭くなった。

二年ほど前に、おくまは単身でけったい長屋に引っ越してきた。ここの住民は、他人の昔には一切触れない。誰が言うともなく、それがここの不文律となっていた。

「だって、おくまさん、お子を育てたことがあるの？」

兆安の脇に立つ女房のおよねが、十歳ほど年上の女に向けて問うた。およねには、この正月がきて八歳になる甲太《こうた》という男児がいる。

「いや……ないけどね」

意気込みが一転し、おくまの口調がにわかに小さくなった。

「子供を育てるってどれほど大変なものか、おくまさんは知ってるんかい？」

定五郎とおときの間には、二人の子供がいる。子供たちに食事を与え、育てていくために日夜働きづめである。そんな苦労を、定五郎が口にした。

「馬鹿にするんじゃないよ、定五郎さん。これでもあたしは……まあ、いいやそんなこと」

何か言いたげであったが、おくまは途中で言葉を止めた。

「おや、袖《そで》の中に何かあるな」

すると、赤子を抱いた菊之助が搔巻の袖から一枚の紙片を取り出した。

「ずいぶんと汚い字だな」

注釈を一言言って、みなに聞こえるようにそれを読む。

「なになに、『このこをよろしくたのみます』って書いてあるな」

すべてが仮名で書かれている。しかし中身はそれだけで、子の名も母親の名も書かれてはいない。

「たのみますだってよ。頼まれたとあっちゃ、いやだとは言えないよな」

けったいなほど、お人よしの住人がそろっている、そんな上方《かみがた》言葉が、この長屋の通称となっている。誰一人、薄情な人間などこの長屋にはいないのだ。

菊之助の言葉が、みなの気持ちを代弁していた。

「そうだな。しかし、猫や犬の子でなく、人間の子だからな」

ここはじっくり考える必要があると、定五郎が口にする。

「とにかく、家の中に入らないかい。ここにいつまでもつっ立ってたら、赤ん坊が凍え死んじゃうよ」

定五郎の女房のおときは寝巻き一枚纏《まと》っているだけで、震えながら言った。

今ここに、赤ん坊以外に七人いる。赤子の泣き声に気づいて、起きてきた住人たちである。

「そうだね、だったら空き家に入ろうかい」

菊之助の家の隣が空いている。そこで七人が、丸座となった。赤ん坊は脇に寝かせられ、安心したのか小さな寝息を立てている。

その中に、大工政吉の女房お玉が交じっている。もうすぐ二十二歳になる若い女房で、この年の節句に鯉太郎という男児を産んだばかりである。

「あたし、この子におっぱいあげる」

お玉の、この言葉でみなの気持ちは固まった。

「だったらこの子は、おくまさんが面倒を見るってことにして、あとは長屋の住人が協力して育てようじゃないか」

定五郎の案に、全員の手が上がった。

「もし、役人がなんだかんだ言ってきたら、親戚の子を預かってると言っとけばいいだろ」

　兆安が口にし、話は決まった。

「あたしだって、まだ乳は出るからね」

「あたしも……」

　そこに、おときとおよねが名乗りを上げた。当面赤子の糧《かて》は、お玉とおときとおよねの、三人の母乳で賄《まかな》うことにする。

「あとのことは、みんなあたしがやるよ」

　おくまの決意で、話が決まった。

「それじゃおくまさん、頼むわ」

「ああ、任しておくれな菊ちゃん。これで今夜から、この子はあたしの子だ」

　言っておくまが、抱きかかえるも、寝ている赤子に起きる様子はない。おくまの腕の中で、すやすやと静かに寝入っている。

「そうと決まれば、名をつけんといかんな」

　兆安が名づけ親にならんと、腕を組んで考えている。

「だったら決まってるよ。この子の名は大二郎《だいじろう》だ。じろうのじの字は次というほうではないよ。博奕《ばくち》打ちになっちまうから」

長屋の住人である、壺振り師の銀次郎を引き合いに出し、おくまがすでに決めていたかのように名を付けた。

「……だいじろう」

その名に、感じるものがあったか、お玉が小さく呟《つぶや》きを漏らした。

「この子のおっ母さんが、最後に乳をたっぷり与えたのか今夜は腹を空かしてなさそうだな。だったら、これでお開きとするかい」

菊之助の音頭で、この夜は解散となった。

けったい長屋に、新たな住人が一人増えた。その小さな住人を抱きかかえ、おくまは自分の住まいへと戻った。

二

大二郎がけったい長屋の住民になってから、三日が過ぎた。

文久四年の年が明け、世の中はますます動乱の渦に巻き込まれていく。そんな世情の中、浅草諏訪町のけったい長屋は穏やかな年明けを迎えた。一つだけ変わったのは、けたたましい赤子の泣き声が長屋中に響き渡り、賑やかな正月となったことだ。

長屋には今、乳飲み子が二人いる。大二郎のほか、正月がきて二歳となった大工政吉とお玉の子で鯉太郎である。五月の生まれだから、まだ半年と少ししか経っていない。鯉太郎は気丈であるか、滅多に泣き声を出したりはしない。そういう意味では住人に迷惑をかけず、子育てに手間のかからぬ子であった。その鯉太郎が、大二郎が来てからはむずかりだしている。

「お玉ちゃん、頼むよ」

おくまが大二郎を抱いて、お玉の母乳を分けてもらいに来る。

「おなかが空いたんでちゅか？」

幼児言葉で、お玉が機嫌よく応じる。だが、それを見て機嫌が悪くなるのは鯉太郎である。まだ、言葉は利けないが態度に表れる。赤子ながらの、嫉妬《しっと》である。

「鯉太郎、邪魔！」

大二郎を抱いておっぱいを含ませていると、鯉太郎が膝に乗ってきて邪魔をする。手酷いときは、小さな手で大二郎を叩く仕草をする。そんな鯉太郎の気持ちが、お玉にも通じる。

「鯉太郎にもあとであげるから、ちょっと待っててね」

と言い聞かすも、そういった問題ではないと鯉太郎も反論する。まだ、言葉が喋れないので、ぶーぶーとふくれっ面になる。

「お兄ちゃんでしょ、そういう顔はしないの」

母親のお玉からたしなめられ、鯉太郎の機嫌はますます悪くなる。滅多に泣かぬ鯉太郎だが、終《しま》いには雄たけびにも似た号泣があたりにこだまする。

材木問屋が大家であるだけに、長屋の普請は頑丈に造られている。壁が厚く、隣人の声はほとんど聞こえてこない。

政吉の隣に住むのは、木挽《こび》き職人の留八《とめはち》である。大家高太郎の本業である材木問屋『頓堀屋』の奉公人で、この正月に二十八歳になった男である。独り者だが、近々所帯をもつことになっている。

普段は、早朝から頓堀屋の材木置き場に出て仕事をして、長屋には寝に戻るだけの生活である。正月に三日の休みをもらい、その日は朝から、間もなく嫁さんになるお仙《せん》という娘を相手に酒を呑んでいた。

その留八の耳に、鯉太郎の泣き声が聞こえてきた。

「あれ？　鯉太郎が珍しく泣いてるな」

「あの泣き声は、尋常ではないわよ」

お仙も留八に合わせ、怪訝《けげん》そうな顔をして言った。

「きっと親から甚振《いたぶ》られているのよ、かわいそうに」

「いや、子供を虐待するような夫婦じゃねえぞ」

「おや？　赤ん坊の泣き声が二人になった。それにしても、凄い声で泣いてるね。あれじゃまるで、雷門の雷神風神だよ」

「政吉のところは、鯉太郎一人だけだぜ。いつの間に、餓鬼を産んだんだ？」

年の瀬は、大晦日《おおみそか》の除夜の鐘が鳴るまで仕事をしていた留八は、大二郎の件は知らずにいる。

「尋常じゃねえな、ちょっと隣を見てくる」

昼酒の、ほろ酔い気分で留八が立ち上がった。そして外に出ると、隣の戸口の前に立った。

「ごめんよ」

と一声かけて、障子戸を開けた。すると、三和土《たたき》におくまが立っている。

「あれ、おくまさん……」

「あら、留さん。赤ん坊の声が聞こえたのかい？」

「ええ……」

留吉が、おくまの肩越しに中を見ている。

「あれ、赤ん坊が二人いる。鯉太郎ともう一人、お玉ちゃんに抱かれてるのは誰だい？」

「大家さんから聞いてないのかい？」

「ええ。暮は忙しくて、若旦那とはほとんど口を利いてねえ」

「去年の暮、菊ちゃんが隣の諏訪神社に捨てられてた子を拾ってきてね、あたしが育てることになったのさ」

「おくまさんがか？　そいつは知らなかった」

「だけど、あたしのおっぱいは、ただ垂れ下がってるだけ。中身は、お玉ちゃんとかおときさんたちに分けてもらってるのさ」

「そうだったのかい。それで、鯉太郎が焼き餅を焼いての大泣きってことか。ん……？」

得心したとのうなずきのあと、留八の首が傾いだ。

「どうかしたんかい、留さん？」

留八の表情の変化に気づき、おくまが問うた。

「それって三、四日前の夜じゃねえか？」

「ええ、そうだけど。何かあったのかい？」

「いやな、あの日、夜っぴいて俺は仕事場で木を削ってたんだ。宵五ツの鐘が鳴る前だったかな、俺は仕事に疲れたんで一休みしようと外に出たんだ」

頓堀屋の、木挽きの仕事場は大川沿いにある。

「するとな、材木の高積みの陰から女のすすり泣く声が聞こえてきたんだ。周囲は暗闇なんで、そん中から聞こえてくる女の泣き声ってのは不気味なもんだぜ」

「そうだろうねえ」

すかさずおくまが相槌を打った。

「なんだか、思いつめてるような声でな……」

留八が語る間に、赤子の二人の泣き声は止んだ。大二郎の授乳が終わり、お玉が近寄ってきた。鯉太郎がはいはいしながら、ついてくる。

「おくまさん、終わりました。あら留八さん、来てたの？」

お玉は、留八が来ているのに気づいてなかった。

「ああ……明けまして……」

「何もめでたくはないわよ」

留吉の新年の挨拶に、お玉が頭を振った。

「なんか、正月早々機嫌が悪いね。そういえば、政吉はいないようだが」

「朝早くから呑みに出ていて、機嫌も悪くなるわ」

「足場から落ちて怪我をしたっていうけど、よくなったのかい？」

「ええ、だいぶ。立てるようになったらさっそく呑み歩いて、今ごろは大家さんのところでみんなして酒盛りよ」

この日は大家の高太郎からの呼ばれで、長屋の男連中は頓堀屋の母屋で新年の祝い酒を呑んでいる。

「俺も誘われたけど、こいつが来てるんでな……」

留吉が、小指を立てて答えた。

「そういえば、この春お嫁さんをもらうんだって？　大家の高太郎さんが来て言ってたよ。『留吉はん、こんど嫁はんをもらうんでんね』なんて、上方弁でさ」

おくまが、すかさず言った。

「ほんと、それはおめでとうございます。それで留吉さん、なんの用？」

滅多にというより、今まで訪ねてきたことなど一度もない。

「いや、赤ん坊の声が聞こえてな。それで、鯉太郎が苛《いじ》められてるんじゃねえかと心配になって。そしたら、おくまさんがいて……」

「今さ、留さんに大二郎のことで話をしてたところさ。ところで、どこまで話がいってたっけ?」

おくまが留吉に問うた。それにお玉も耳を傾ける。

「そんなところにつっ立ってないで、上がったら」

「いや、お仙を待たせてるんでな、ここでいいよ」

留吉は立ったまま、おくまは框《かまち》に腰をかけての話となった。お玉のために、最初から語り出す。

「そして、高積み材木の陰で女が泣いてる声を聞いた。なんだか思いつめてるようで、この寒空に大川にでも飛び込むんじゃねえかと。あたりは暗闇なんで、息遣いだけが聞こえてくる。それに向けて俺は声を投げた。『どうかしたんかい?』ってな。そしたら『なんでもありません』と返って、立ち去る足音が聞こえた。そのあとしばらく立ってたが、川に飛び込む音は聞こえなかったので、俺は仕事に戻った」

留吉の話を、おくまとお玉が真顔でもって聞いている。

諏訪神社と頓堀屋の仕事場は、蔵前通りを挟んで一町と離れていない。菊之助が赤ん坊の声を聞いたのと、ほとんど時が一緒であった。

「この大二郎は、その女の子供に間違いないね」

おくまが、不安のこもる声で言った。おくまの気持ちに、二通りを感じる。

一つは、その女が大二郎を引き取りに来るのではないかという不安である。三日も一緒にいれば情が移ってくる。ましてや子供には無縁であったおくまであるが、母性本能だけは人一倍にある。手放したくないといった気持ちが、日ごとに募ってきていた。

そしてもう一つは、「気の毒にねえ」と、その女の不遇を思いやっている。両方の気持ちが絡み合い、おくまは複雑な気持ちであった。

「いやだよ、そんなの」

おくまの目から、涙が一つこぼれ落ちた。普段は気丈なおくまが、人前で見せた涙であった。

「おくまさん……」

お玉が、おくまの心情を慮《おもんぱか》った。

「ああ、いつかは大二郎と別れる日が来ると考えたら、思わず泣けてきちゃったよ……これで二度目さ」

「えっ？」

お玉は、おくまがポツリと漏らした語尾を聞き逃さなかった。

「二度目って……？」

「あたし、そんなこと言ったかい？」

「ええ。留八さんにも聞こえたよね？」

「ああ、聞こえた。でも俺は赤ん坊の泣き声の事情が分かりゃそれでいい。お仙が待ってるんで、俺は帰るよ」

「ごめんなさいね、留八さん」

「こっちこそ、邪魔したな」

留八がいなくなり、お玉とおくま、そして二人の赤子となった。

三

おくまの言葉が気になるか、お玉が問う。

「余計な差し出口かもしれないですけど……」

「ああ、今の話かい。お玉ちゃん、今聞いたこと忘れてくれないか」

忘れてくれないかと言われれば、余計に忘れられなくなる。おくまの口調に、そんな不可解さをお玉は感じていた。だが、相手が話したくないことを無理やりほじくろうなどと、そんな野暮《やぼ》なことはしない。

「うん、分かった。もう、忘れたよ」

「それじゃ……いや、ちょっと待って」

おくまが三和土《たたき》に立ち、大二郎を抱きかかえようとする手を止めた。そして、畳にはいはいする鯉太郎を、おくまの目が見つめている。それで、おくまの気が変わった。

「お玉ちゃん、ちょっと上がらせてもらっていいかい？」

「ええ、どうぞどうぞ。何もお構いできませんけど……」

「お構いなんて、いいさ。それよりも、お玉ちゃんに聞いてもらいたいことがあるんだけど、いいかい？」

「ええ、もちろん。今のことで……？」

「ああ。黙っていようと思ったけど、気が変わってね。これまでずっと、他人《ひと》には話さなかったことさ」

「そんな大事なこと、あたしなんかに聞かせていいの？」

「お玉ちゃんだから、聞いてもらいたいのさ。でも、とりあえず他の人には黙っておいてくれるかい？」

「あたし、こう見えても口が固いの」

おくまが座敷に上がり、お玉と向かい合った。鯉太郎はその脇で、大二郎にちょっかいを出している。その姿は、弟をあやしているようにも見える。どうやら、大二郎に対する嫉妬は治まっている。

赤子二人を放っておいても、おくまとお玉は話に集中できた。

「あたしね、実は子供を産んだことがあるのさ」

「えっ！」

おくまの切り出しに、さっそくお玉の驚きが返った。

「驚くのも無理はないね。こんなあたしに、子がいたなんて。もう、二十年も前になるかねえ」

おくまが、思い出しながら語りはじめた。

「あたしはそのころ、浅草福井町《ふくいちょう》に住んでいてね……」

浅草福井町は、浅草御門で神田川を渡ったすぐのところである。

「あたしはその年の八月に子を産んでね、鳶《とび》職人の夫との間にできた子だった。夫なんぞ、目に入れても痛くないほどのかわいがりようでね、そりゃ幸せだったさ」

天井の長押《なげし》あたりに目を向けながら、おくまは語る。穏やかに語るその顔が、見る間に険しい顔つきとなった。

「あの火事さえなければ……」

　およそ二十年前の天保《てんぽう》十四年閏《うるう》九月、福井町一丁目から出た火事は茅町《かやちょう》から平《へい》右衛《え》門町《もんちょう》一帯を焼いた。

「鳶職人の夫は火消しでもあってね、そう『ほ組』の纏持《まといも》ちさ。家から火元が近かったこともあり、あたしと子供を逃がしてから真っ先に火元に駆けつけたんだ。でも、延焼を防ぐため一軒家を壊したところで炎を浴びて、一緒におっちんじまった。あたしと乳飲み子を残してね」

　おくまが、初めて他人に向けて話すことであった。お玉も、初めて聞く話である。相槌《あいづち》を打つことなく、黙って耳を傾けた。

「その子の名かい？　長太郎《ちょうたろう》ってつけたのさ」

　聞いてないことを、おくまが自ら語った。

「それで、この子を大二郎と……」

　これにはお玉も、うなずきを返した。なぜに二郎とつけたのかが分かったからだ。

「火事から逃げてるところで『鳶が家の下敷きになった！』と聞いてね。変な予感を感じて、あたしは戻っていった。下敷きになったのは夫と知って、気が動転したのさ。しばらくして我に返ってみると、長太郎を抱いていない。子供のことさえ気づいていない、あたしが馬鹿だったのさ。どさくさの中で、誰かに連れてかれちまったんだ」

火事騒ぎの中、長太郎を捜し回るも見つかるはずもない。一晩中、そして翌日は一日中、それから十日の間ずっと界隈を捜したが、長太郎を見つけ出すことはできなかった。

「おくまさんに、そんな辛いことがあったなんて知らなかった」

いつしか、お玉の大きな目から涙が溢れ出している。

「いやな思い出なんで、今まで誰にも話さなかった。それに、忘れたかったことだし……でも、この子がそれを思い出させてくれた」

おくまは言いながら、畳に仰向けで寝ている大二郎に目を向けた。

「菊ちゃんがこの子を連れてきたとき、あたしは育てたいと強く感じたのさ。似てるのよ長太郎と顔が、真ん丸いところがそっくりでね。この子を見た瞬間、長太郎が戻ってきたと……そしたら、手放すのが惜しくなってね」

「分かる。おくまさんの気持ちがすごーく、よく分かる」

「子を持ったばかりの母親でなければ、この気持ちの奥底は誰にも分かってもらえないだろうからね。そんなんで、お玉ちゃんに聞いてもらおうと思ったのさ」

二十年もの間、誰にも話せなかったことをお玉に語り、気持ちの痞《つか》えがなくなったか、おくまの口からほっと安堵の吐息が漏れた。

「それで、その長太郎ちゃんのその後は……？」

「………」

お玉の問いに、おくまが首を振る。

「八方手を尽くして捜したけど……今生きていれば、そうだ大家の高太郎さんと同じ齢《とし》になるかねえ」

高太郎は、正月になって二十一歳になった。だが、おくまの長太郎に抱く面影は、一歳で止まっている。

「本当に、長太郎にそっくりだよ」

それが、大二郎の顔と重なる。

「おくまさん……」

「なんだい？」

お玉の呼びかけに、おくまは膝元で寝ている大二郎に向けていた目を戻した。

「その長太郎さん、捜してみる気にならない？」

「今さらってより、どこをどう捜していいのか……土台無理ってもんさ」

「でも、逢いたい気はあるんでしょ？」

「そりゃ、もちろんさ。この二十年、片時も忘れてなんていなかったからね」

おくまの本音を聞いて、お玉の目に光が宿った。

「おくまさんみたいに、やむを得ずお子と離れ離れになってる人がいるってのに、自分からわが子を捨てるなんて……考えられない」

大二郎を捨てた母親に、怒りが込み上げてくる。お玉が、唇を噛みしめながら言った。

「そうじゃないよ、お玉ちゃん」

だが、おくまは否定する。

「どんな母親だって、自分で腹を痛めた子を、端《はな》から捨てようなんて思っている人なんかこの世に一人もいないよ」

「でも、現にこの……」

「よほど、切羽詰まった事情《わけ》があったのさ」

「どんな事情があれ、あたしには分からない」

得心《とくしん》がいかないと、駄々《だだ》をこねるようにお玉は首を振る。

「もしあの夜、留八さんが聞いた女の啜《すす》り泣きが大二郎の母親だとしたら、お玉ちゃん、それが答だよ」

おくまはそう言うと、はぁと小さくため息を漏らした。

「留八さんは、もしかしたら女が大川に飛び込むんじゃないかと心配してたと言ってたけど、あたしはそれはないと思ったね」

「どうして？」

「子供を残して、自分だけ死のうなんて母親はいないからさ。大川に飛び込むんだったら、子供も一緒さ」

「どうして、そう言いきれるの？」

「幼い子供と離れ離れになった、母親としての勘さ。どこかでわが子が生きていると思っていれば、自分も生きられるから……未練ていうか、なんていうか……」

つくづくとした、おくまの口調であった。

「分かるようで、分からない」

「お玉ちゃんも、鯉太郎と別れ別れになってみれば分かるさ」

「いやだ、そんなの！」

お玉が、強い口調で返した。

「おや、怒ったようだね。それが当たり前な母親ってもんさ」

おくまが、小さく笑いを浮かべながら言った。

昼八ツを報せる、鐘の音が聞こえてきた。

まだ呑んでいるか、政吉が帰ってくる気配はない。お玉は、もう少しおくまと話がしたい気になっていた。

「おくまさん、お餅を食べない？　棟梁《とうりょう》が、政吉に食べさせてやれと言って持ってきてくれたの。たくさんあるんで、いかが？」

「そうだね。おなかも空いたし、いただこうかしら」

「お茶も入れるから、待ってて」

「ああ、この子たちを見てるから……あら、寝てるわ」

鯉太郎と大二郎が、並んで昼寝をしている。

「……長太郎」

実子の面影が、再びおくまの脳裏をよぎる。

「今ごろ、どこで何をしてるの？」

独り言を漏らしたところで、お玉が盆に焼いた餅と茶を載せて運んできた。

「今、何か言ってたみたいですね？」

「うん。長太郎は今ごろ、どこで何をしているかと思ってね。つい、口に出ちゃったんだよ」

「逢いたいでしょうね」

「そりゃ、できれば……でも、とっくにあきらめてるさ」

茶を一口啜り、焼き餅を食べながらため息混じりでおくまが言った。

「だったら、おくまさん……」

呼びかけるように、お玉が口にした。

「なんだい、いきなり。餅が喉に痞《つか》えちまうじゃないかい」

「おくまさんは、いったいどこに住んでると思ってるの？」

「どこにって、うらぶれた長屋じゃないか」

「この長屋、なんて呼ばれてるか知ってるの？」

「そりゃ知ってるさ。『けったい長屋』っていうんだろ。どこの誰だか知らんけど、変な名をつけたもんさ」

「その『けったい』っていう意味なんだけど、上方弁でへんちくりんとか、みょうちくりんっていうんでしょ。でも、ここでの意味は、けったいなほどのお人よしが集まっているってこと」

「だから、どうしたって……？」

「だからー、おくまさんは他人《ひと》には話したくないと言ってたけど、どうでしょ、菊之助さんたちにお話ししてみては？」

お玉が、説き伏せるように言った。

「いや、あたしごときのことで、申しわけないよ」

お玉の勧めに、おくまは大きく首を振って拒んだ。

「そんなことないわよ。菊之助《すけ》さんは暇そう……いえ、動いてくれるわよ。これまで、いろいろな人を助けてきたじゃない」

「でも……」

「でもも、へったくれもないわよ」

遠慮がちなおくまの様子に、お玉はいささか焦れた。

「それに、おくまさんはもう長太郎ちゃんのことをあきらめてたんじゃないの。だったら、駄目でもともとでしょ。でも、あたしは駄目とは思わない。必ずおくまさんと長太郎ちゃんの逢える日がまた来ると信じます」

「でも、あれから二十年……」

「また、でもって言った。この国ができてから、何年経つと思ってるの？　それから比べれば、二十年なんてついきのうのことよ」

お玉の、無理やりな道理であるが、おくまの首が上がった。

「そうだよね。二十年なんて、あっという間だった。だったら、お願いしてみるかね?」

「そうこなくちゃ。うちの亭主にも、あと半月仕事を休めるから、動いてもらうわ」

政吉は、仕事の怪我で一月《ひとつき》の安静を告げられたが、多少腕に痛みが残るだけで、足もすっかり治り後遺症もない。それと、見舞金が集まり、このところ裕福である。残りの半月を、優雅に過ごそうと考えていたところであった。

「だったら、決まり。さっそく行きませんか?」

「行くってどこに?」

「大家さんのところに行って、酔いを醒ましてやるの」

「そうするかい」

お玉は鯉太郎をおぶり、おくまは大二郎を抱きかかえて立ち上がった。

四

酒盛りは、佳境に入っていた。

そこに、赤子と一緒にお玉とおくまが乗り込んだ。

「ずいぶんと、ご機嫌だね」

へべれけになっている政吉に、お玉が声をかけた。

「おっ、お玉ちゃん……あっ、おくまさんもいっしょだ。なんだお玉、石の地蔵さんなんぞ背負って」

政吉の視点は定まらず、言葉も呂律《ろれつ》が回っていない。

「石の地蔵さんなんかじゃないわよ。あんたの倅の、鯉太郎よ」

二十畳敷きの大部屋に、男ばかりが八人、雑然となって酒を酌み交わしていた。宴会のはじまるときは、膳にはきれいに正月料理が並べられていたのだろう。それがしっちゃかめっちゃかになって、膳はひっくり返り、空になった徳利が散乱している。大家の高太郎が、転がる膳の脇で酔い潰れて寝ている。ほかの七人は、まだ呑み足りないといった風情である。

「おい、お玉ちゃん。そんなとこにいねえで、こっちに来て酌をしな」

賭け将棋で糊口を凌《しの》ぐ天竜が、かなり酔った様子で声をかけてきた。

「おくまさん、これじゃ話をするどころじゃないわね」

「ほんと。酔いの醒めるまで待ってたら、あしたになっちゃう。出直そうか」

「そうしましょ。鯉太郎に、酒の臭いが移っちゃうし……」

いっときもこの部屋にはいたくないと、お玉とおくまは踵《きびす》を返し廊下へと出た。

「あれ、今芸者が二人ばかり来てなかったか？」

聞こえてきたのは、相当にへべれけとなった菊之助の声音であった。

「菊ちゃんに、今の話をするのは無理だね」

「ええ、まったく。あんなだらしない様《さま》を見たの初めて」

お玉は、自分の亭主と菊之助を一緒に見下した。

「帰りましょ」

戻りかけたところであった。

「酷《ひど》い有り様でしょ」

うしろから声をかけたのは、十九歳になったお亀であった。高太郎に惚れて、頓堀屋の母屋に住みついたのだが、近々祝言《しゅうげん》を挙げ夫婦になる約束が交わされている。

「片づけが大変だっていうのに、いい気なもんよね」

「ごめんなさい。あたし、手伝いますから」

お亀の愚痴に、お玉が謝《あやま》った。

「いいのよ。そんなつもりで言ったんじゃ……ところで、この状態じゃお話もできないわね」

菊之助たちに相談があるとやってきたとは、お亀にも話してある。

「大二郎ちゃんのことでしょ？」

「ええ、そう」

本当は違うのだが、おくまが言葉を濁して答えた。

「おっ母さんを、捜してあげたいってことですよね」

「ええ、まあ……」

本心が語れず、おくまの答に戸惑いがあった。

「おくまさん、お亀ちゃんに本当のことを話したら？　けっこう頼りがいがあるかも……」

「あるかもって……」

お亀が、怪訝そうな表情を示した。だが、気持ちに悪気はない。お亀は若くも苦労をしてきたせいか、人の気持ちの機微を知っている。

「もしよろしければ、話していただけないかしら。少しでもお役に立てれば、あたしも嬉しい。長屋の皆さんには、山よりも高い恩義を感じてますから」

「そうだね……」

おくまも承知し、別の部屋へと移った。

「あの人たちの、相手をしなくていいの？」

「あんな酔っ払いたち、放っとけばいいのよ」

お亀とお玉とおくまが、三角の形で座った。その脇に、鯉太郎と大二郎が並べて寝かせられている。

おくまがすべてを語り終えたときには、お亀の目にもうっすらと涙が滲んでいた。

「二十年前では、あたしはまだ生まれてなかった。いったいどうしたらいいものやら」

捜し出そうにもどう糸口を見つけたらよいかと、お亀は目を宙に向けて考えている。

「そうだ。これこそ、元斎先生に占ってもらったら？」

お亀が案を口にする。

「それって、いい案かも。さすがお亀ちゃん、あたし気づかなかった」

ここは菊之助よりも、元斎の力に頼ろうと思った。だがその元斎も、宴会の席で真っ赤な顔をして酔い潰れている。今は、役に立つどころではない。

「でも、せいぜい知れても、生きてるか死んでるかってくらいじゃないかね。どこにいるかまでは分からないでしょうよ」

おくまが、悲観的な言葉を口にする。不安が募る身では、それは仕方がない。

「それだけでも、分かればいいんじゃない」

「いえ、もう少しは何か卦《け》が出ると思うけど……」

三人で、ああだこうだ言ってても仕方ないと、ここは元斎の酔いが醒めるのを待つことにした。

「あの様子だと、あしたになるわね。そろそろお開きにさせたら」

「あたしも、そう考えていたの」

「だったら、あたし手伝う」

「あたしも……」

おくまとお玉が、あと片付けを手伝うと言った。

鯉太郎と大二郎をその部屋に寝かせ、三人は宴会場の片付けとなった。

「お亀ちゃん、酒はもうないのかい？」

頭の天辺《てっぺん》まで真っ赤にした、将棋指しの天竜が訊いてきた。

「もう、お終《しま》い。宴会は、お開きよ」

お玉が、お亀の代わりに言った。

「言いづらいことを、お玉ちゃんが言ってくれたわ」

目の前に何もなくなると、八人は全員その場でごろ寝となった。


相当な呑兵衛たちである。

「これじゃ、当分相談は無理ね」

明日も二日酔いで役に立たないだろうと、お亀が呆れ口調で言った。

「いいわよ、たまのことだから。別に、今さら急ぐことでもないしね」

自分のことで手を煩わせては申し訳ないと、おくまは遠慮がちとなった。

「でも、話を聞いた以上、なんだかのんびりしてられない気分になってきた。あさってまで待つなんて、あたしはじっとしてられない」

せっかちなお亀は、自分から動くと言い出した。

「どこかに、当てでもあるのかい？」

「まったくないけど……犬も歩けばなんとかって、格言もあるし。それに、あたしは奉公人でないから、好き勝手に動けるもの」

「お亀ちゃん……気持ちだけでも、ありがたいよ」

おくまが、こぼれる涙を袖で拭った。

夕方になって高太郎は起き上がると小僧に酒を買いに行かせ、その後も深夜まで宴会はつづいた。

翌日の朝になっても、だらしなく酔い潰れて寝ている長屋の男どもを尻目に、お亀は外へと出た。

浅草寺への初詣客で、正月三が日の喧騒が町に残っている。お亀の目的は、参拝ではない。それでも、お向かいの諏訪神社に挨拶をしていこうとお亀は鳥居を潜った。

「そういえば、大二郎ちゃんはこの境内に捨てられていたのね」

お亀の独りごとは、若いだけに声が大きい。

「あのう……」

すると声が聞こえたか、背後から女の声がかかった。振り向くと、五十歳になろうかという、齢《とし》のいった女が立っている。

「何か……？」

お亀が、怪訝《いぶかし》げに問うた。

「今、何か言ってなかったかい？」

独り言を聞かれたかと、お亀は不快な気分となったが、声が大きかった自分も悪いと顰《しか》めた顔を戻した。

「いえ、何も……」

独り言を他人に聞かせることもないと、お亀は答を惚《とぼ》けた。だが、返す途中でお亀の気が変わった。

「去年の暮にここの境内に……」

お亀の話を、途中で女が遮《さえぎ》る。

「やっぱり……」

眉間《みけん》に皺《しわ》が寄り、女が険しい表情をしている。

「やっぱりって、何か？」

お亀が訊く番となった。大二郎のことが詳しく知れると、お亀は半歩身を繰り出した。

「生まれたばかりの赤ちゃんが、この境内に捨てられていたのでは……？」

「そうみたいで」

女の話に、お亀は返す言葉を濁した。

「あなた、その子のことを知っているの？」

女に問われるも、詳しく事の次第を知れるまでは、おくまが預かっているとは言えない。

着ている物を見ると、町人だがかなり裕福な家の内儀《ないぎ》と見える。地味な柄《がら》ではあるが紬織《つむぎお》りの袷《あわせ》を、塩瀬《しおせ》の帯で留めている。帯止めは珊瑚《さんご》で作られた細工物で、高価な代物《しろもの》とお亀は値踏みができた。

言葉の端々《はしばし》からも、上流感が漂っている。どこかの大店の妻女とうかがえる。だが、眉間に険《けん》が宿り、どこか暗い影を落とす。人相見的には、陰険そうな気配を漂わせている。それだけに、迂闊《うかつ》なことは言えないとお亀は気を引き締めた。

「いえ。ただ、暮の寒い夜、この境内で赤ちゃんの泣き声がしてたと、他人《ひと》から聞いていたので」

お亀はとりあえず、方便を言った。しかし、話の成り行きいかんでは、本当のことを語らなければならない。

「その赤ちゃん、今どこにいるかあなた知らない？」

女の訊き方に、居丈高《いたけだか》を感じる。お亀は不快に思ったが、大二郎との絡みを感じて、思いを心の内に押さえた。

以前は女巾着切《きんちゃっきり》だけあって、お亀は人の気持ちを盗むのも早い。

長太郎の安否を調べようと外に飛び出したが、大二郎のほうで手がかりなるものがあった。

「いえ……」

言葉を詰まらせながら、お亀は首を振った。だが、ここで女と別れたら、大二郎の件は途切れることになる。捨てた母親の事情だけは、お亀も知りたい気持ちとなった。

「その赤ちゃんと、どんな関わりがあるのですか？」

逆に、お亀が問うた。

「もしかしたら、その子、私の孫かもしれない」

「えっ、お孫さん……ですか？」

女の年齢を思うと、それもうなずける。

「ええ、そう。もしかしたら長男の子で、馬鹿嫁《よめ》が去年の暮に……」

女が言ったところで、

「そこにつっ立ってられちゃ、邪魔なんだよ」

境内での立ち話で、参拝人から怒鳴られた。

「ここではなんですから、外に出ません」

お亀から、女を誘った。馬鹿嫁と聞こえたのが、聞き捨てならなかった。

「もしよろしければ、お話を聞かせていただけませんか？　何か、お役に立てることがあるかもしれませんし。そうだ、私はあそこに看板が出ている頓堀屋の……」

お亀の言葉が途切れたのは、高太郎の嫁になるとは気恥ずかしくて言えなかったからだ。

五

諏訪神社の外に出て、二人は近くの団子屋の暖簾《のれん》を潜《くぐ》った。

「私は里《さと》、あなたの名は？」

——お大尽《だいじん》というのは、どうして頭ごなしでものを喋るのだろう？

思うものの、お亀は顔には出さない。

「亀といいます。それで、ご事情を聞かせていただけます？」

お亀の促しに、お里は小さくうなずきを見せた。だが、口調は改まってはいない。

「私は、日本橋本舟町《ほんふなちょう》で海産物問屋を商う『遠州屋《えんしゆうや》』の家内なの。これでも、奉公人を三十人も抱える大店《おおだな》なのよ」

自分から大店と言いきるお里に、お亀は小さく首を傾げた。

「それほど大店に生まれたお孫さんが、なぜに捨てられる羽目になったのですか？」

大二郎がお里の孫だと、まだ決まったわけではない。だが、話の成り行きは自然とそのほうに向かう。

「ええ、これにはいろいろと事情《わけ》があってね……」

日本橋本舟町といえば、日本橋川の北岸の魚河岸《うおがし》の中心部分にあたる。浅草諏訪町とは、一里以上の隔たりがある。お亀はその隔たりが気になったものの、その疑問はあとで訊くことにした。

「どこから話していいのやら……」

大店の内儀が醸し出す気位の高さは陰を潜《ひそ》め、お里の声音は湿《しめ》りがちとなった。

「なぜに諏訪神社に捨てられていた子が、お孫さんだといえるのですか？」

大二郎がお里の孫だという証《あかし》は、まだどこにもない。言葉が途切れたお里に、お亀が話を引き出す。

「ええ、だからもしかしたらと言ってるでしょ。心当たりがあるから、お亀さんにお声をかけたよ。そのくらい、分かってちょうだい」

「心当たりですか？」

「だから、それをこれから話そうかと……でも、どこから切り出していいのやら。私、あまり話が上手《じょうず》でないから」

さもあろう。大店の内儀で収まっていれば、普段は人と接触することはあまりない。世間話にも疎《うと》いというのが、この類《たぐい》の女たちである。それに、いくら年上で目上であろうとも、他人にものを訊ねる態度ではない。その傲慢さに、お亀は子供を捨てた嫁の気持ちが分かるような気がした。

「その、お心当たりというのを聞かせていただけますか？」

良い悪いは別にして、三十歳も年上の女より、お亀の人生経験のほうが遙かに厚い。その柔らかい口調に引き込まれるように、お里が語り出す。

「長男の嫁が、生まれたばかりの孫を連れて家を飛び出したのは、五日ほど前。ご承知のとおり、海産物問屋の暮は書き入れ時。皆が忙しく、誰の目も届かない隙に家出をしてしまったのよ」

「なぜに家出を……？」

恵まれた家の嫁になり、苦労などまったくなかろう。世間では、それを玉《たま》の輿《こし》に乗るという。お亀も、それにあやかろうとしている一人である。

「分からないわ、そんなこと。強《し》いていえば、弟夫婦との不仲に耐えられなかったのかも」

「弟さんご夫婦と、それほど仲が悪かったのですか？」

——自分との仲はどうだったのよ？

と問いたかったが、お里は押さえた。

「ええ。弟の嫁はそれはそれは気が強く、義理の姉だというのに夫婦揃ってお光《みつ》のことを苛めてたの。お光というのは長男の嫁で、こちらは真反対に内気で、いびられては泣いてたのよ。それにしても、あんな気弱で育ちのよくない女をなんで連れてきたのか、長男の気持ちが知れない。聞けば、もとは深川門前仲町《ふかがわもんぜんなかちょう》の岡場所にいたっていうじゃない」

姑《しゅうとめ》のお里の口から、本性を表す言葉が漏れた。

「それは、好き合っていたからじゃないのですか？」

お里のもの言いに嫌悪を感じたお亀は、口調を強くして言った。

「そんなことで、遠州屋《うち》としてはお光よりも孫のほうが大事。今、正月を返上し奉公人からみんな総出で江戸中を捜し回っているところなの」

「御番所には……？」

「届けられるはず、ないじゃない。どうして、嫁が跡取りを連れて家出したなんて言えるの。世間に知れたらみっともなくて、それこそ遠州屋の恥ってもの」

話をしていて、お亀の腹立ちは極限に達してきた。お里の口調もあるが、自分たちの落ち度をまったく考えていないからだ。

「私が一番心配しているのは、孫を道連れに……」

「それはないと思いますよ」

「なんであなたに、そう言いきれるの？」

お亀はこのとき、おくまとお玉から聞いていた話を思い出していた。それをお里に向けて語るかどうかをためらっている。

ここまで聞けば、大二郎が遠州屋の孫である見込みは極めて高いとお亀は踏んだ。話せば大二郎を遠州屋に戻さなくてはならなくなる。そうなると、おくまには辛い思いをさせる。一方では、大二郎が遠州屋の子だとしたら、このままにしておくわけにはいかない。

どちらを選ぶか、お亀は迷った。そのためらいが、表情に出ている。

「もしやあなた、何か知ってるのね？」

お里の問いが、お亀にもろに被《かぶ》った。

「いえ。だけど、心当たりがあります」

このときお亀の中では、一つの結論が出ていた。これは、自分の一存ではどうにもできないことだと。まずは長屋に戻って、おくまの気持ちを聞かなくてはならない。

その上で高太郎……いや、菊之助のほうが頼りになると、相談を持ちかけることにした。

――まずは、この場を離れること。

「これから心当たりのところに行って、たしかめてきます」

「私も一緒に……」

「いえ、申し訳ないけどご遠慮ください」

きっぱりと断るお亀の口調に、お里に対する思いが表れている。

お里よりも、おくまの気持ちのほうが遙かに大事である。たとえ大二郎が遠州屋の孫だとしても、お亀自身が、今すぐには返したくない気持ちになっていた。

「あすかあさってには、必ずご連絡しますから待っていていただけますか」

男どものあの酔い方を見れば、この日一日だけでは決められない。

「仕方ないわね」

不承不承《ふしょうぶしょう》に、お里は同意する。

必ず報せると二度も約束し、お亀とお里はその場で別れた。

長太郎の探索で出かけたはずが、思わぬ成り行きとなった。

長屋にとんぼ返りしたお亀は、真っ先にお玉を訪ねた。政吉は戻っていない。頓堀屋で、まだ酔い潰れて寝ている。

「お玉さん、いっしょにおくまさんのところに行ってくれない？」

自分一人だと心もとないと、お玉を誘った。

「いいけど、何かあったの？」

「ええ。できれば、いっしょに話を聞いてもらいたいの」

お亀と共に、お玉が鯉太郎を抱いておくまを訪ねる。

「長太郎さんを捜しに出たけど、大二郎ちゃんのことが知れたわ。というより、まだそうかもしれないってところだけど」

おくまとお玉に向けての語り出しであった。

「この子のことで？」

おくまが不安げな顔で、寝ている大二郎を見やる。

「どこの子だか、分かったの？」

お玉の問いに、お亀が小さくうなずいた。「もしものことだけど……」と、おくまに気を遣って前置きを言った。そしてお亀は、諏訪神社の境内で会ったお里との話を語った。

「魚河岸の遠州屋っていったら、かなりの大店よ。あたし、政吉のところに来る前は、近くの堀留町《ほりどめちょう》に住んでいたからよく知ってるの」

お玉が、身を乗り出すように言った。

「でも、大二郎ちゃんがそこの子だという証はないのでしょ?」

「ええ。でも、あたしにはそんな気がしてならないの。おくまさんには申し訳ないけど……」

「そうだよね。でも、お亀ちゃん、よく報せてくれたわ」

おくまが、気丈に返した。

「惚《とぼ》けちゃおうかとも思ったけど、そういうわけにはいかないでしょ。いくら気に食わなくても、大二郎ちゃんの実家が知れたとしたら返さなくては。それで迷って、おくまさんの気持ちを訊きにきたの」

「ええ、仕方がないわね。残念だけど……」

「まだ、大二郎ちゃんが遠州屋の子と決まったわけではないのよ」

がっくりと肩を落とすおくまを、お玉が慰める。

「いや、いいのよお玉ちゃん。お子を捜している人がいたら、やはり会わせてあげないと。捜している人の気持ちは、あたしにはよーく分かる。それで人違いだと分かったら、気が落ち着くし」

おくまの気持ちは、大二郎を遠州屋と引き合わせることに傾いていた。その間を、お亀が取り持つことになった。

「それにしても、大二郎ちゃんの産みの親はどこにいるのかしら？」

お玉が、独りごちる口調で問うた。

「たしか、お光さんと言ってたよね。かわいそうに、遠州屋では相当にいびられてたんだろうね」

「子供を連れて、逃げ出すくらいだから。あのお里という義理の母親、話をしてて本当に腹が立ったわ。あんな薄情で高飛車な女、さっさとくたばっちまえばいいんだ」

お亀の、辛辣なもの言いであった。

「お亀ちゃん、もうそういう言葉は使っちゃ駄目だよ。大店の奥様になるのだからね」

「すみません」

おくまにたしなめられて、お亀は殊勝となった。

三人の話は、どのようにして大二郎と遠州屋を引き合わせるか、その段取りへと入る。

「あしたにでもあたしが、お里さんとの約束どおり遠州屋に赴《おもむ》くことにします。そして、どこかで落ち合う場所を決めて……」

「ちょっと待って、お亀ちゃん」

話を止めたのは、おくまであった。

「できれば、きょうのうちに行ってきてくれない？」

「なんでなの、おくまさん？　一日でも長く、大二郎ちゃんといっしょにいたら……」

お玉の話に、おくまは大きく首を振った。

「気持ちはありがたいけどお玉ちゃん、長くいればいるほど別れが辛くなる。あしたになったら、あたしゃ何を言い出すか分からなくなるよ。たとえ遠州屋の子であっても、絶対に違うと言い張るかもしれないしね。せっかく気持ちを決めたんだ、きょうしかないわ」

まだ、正午までには半刻ほど残す。

お亀がこれから遠州屋に出向き、お里を連れてくるという。そして、面通しをして、間違いがなければ返さなくてはならない。違えばそのままおくまが育てる。

その見込みは、九分対一分といったところか。おくまの覚悟は、すでに決まっている。

六

長屋の男どもが酔い潰れている間に、大二郎の生涯を左右する出来事が起きている。

おくまが承知なら、菊之助に相談することでもないとお亀が動いた。

「それでは行ってきます」

日本橋本舟町までは、およそ一里ほどである。しかし、お亀は深川育ちで日本橋の土地勘はない。おおよその方向だけを定め、あとは道を訊きながら遠州屋へ向けて歩き出した。

お亀が、木戸を出ようとしたところであった。

「あのう……」

物陰からいきなり女が出てきて、お亀に声をかけた。

「なんですか、いきなり？」

「ごめんなさい」

よく見ると、お玉と同じくらいの齢で若い。着ているものは上等の紬《つむぎ》で、柄《がら》は小紋の地味な色である。お亀はその形《なり》に、思い浮かぶものがあった。先ほど、諏訪神社の境内で会ったお里の着姿に似ている。だが、女の着物はずっと着つづけているか、かなり汚れている。内側に着た襦袢《じゅばん》の襟《えり》も、かなり黒ずんで見える。丸髷《まるまげ》に結った髪がほつれ、左右の頬に数本垂れ下がっている。しばらく、髷の手入れをしていないようだ。

お亀はもしやと思ったが、まずは女の素性を訊ねた。

「どちら様で……？」

「こちらの長屋のお方ですか？」

お亀の問いには答えず、逆に訊き返された。

「いえ、近所に住む者ですが」

「そうでしたか」

か細く、悲しそうな声音であった。

「でしたら、これで……ごめんなさい」

と言って、女が去ろうとする。

「ちょっと、待ってください」

お亀は、踵《きびす》を返し歩きはじめた女を呼び止める。しかし、止まろうとはせず、むしろ女は足を速めた。

「もしや、あなた……お光さんでは？」

お亀が、女の背中に向けて言葉を投げた。

「えっ」

と声を発し、女が立ち止まった。そして、振り向き様《ざま》に言う。

「どうして私のことを……？」

「やはり、お光さん。捨てたお子の、おっ母さんなのですね？」

「…………」

無言で、うな垂れる。

「……これで日本橋まで行く必要はなくなった」

と、お亀は小声で呟いた。

「お子が、この長屋にいることを知ってましたのね？」

お亀の問いに、女は小さくうなずいた。

「お光さん……」

「はい」

と、小さな声で返ったところであった。大通りから長屋に入る路地に、がやがやと、男衆《おとこし》の呂律《ろれつ》の回らない話し声が聞こえてきた。

七人が、全員ふらつく足取りである。

「あれ、お亀ちゃんじゃねえか」

木戸の脇に立つお亀に気づいて声をかけたのは、だらしなく胸元を肌蹴《はだけ》させた菊之助であった。たちまち七人の男が前に立ちはだかった。酒臭い息を、もろにかぶった。

「ずいぶんと、ご機嫌ですのね」

しかめっ面をして、お亀が返した。

「大家さんが、お亀ちゃんを捜してたぞ」

「お亀ちゃんがいなくて、寂しいなんて言ってな。早く帰ってやんなよ」

定五郎と兆安が茶々《ちゃちゃ》を入れて、お亀をからかう。

「あれ、このお人は？」

お亀の脇に立つお光に、菊之助の目が向いている。酔いが醒めてなく、目は虚《うつ》ろである。

「あたしの友だちよ」

今話しても詮無《せんな》いと、ここは黙っておくことにした。

菊之助たちからそれ以上の問いはなく、帰って眠ろうと男衆たちはそれぞれの家に散っていった。

その場には、お亀とお光が残った。

「あの、派手な形《なり》をした男の人が、赤ちゃんを拾ってきたの。そうだお光さん、赤ちゃんをどこに捨ててきたの？」

なぜに訊いたかというと、大二郎がお光の本当の子かどうかを確かめたかったからだ。

「大晦日の前の夜、諏訪神社の稲荷祠の前です」

「それから、大川の端にいなかった？　材木置き場の……」

「はい。材木屋さんの職人さんから声をかけられました」

間違いない。

「赤ちゃんに、会わせてくれませんか？」

お光の嘆願に、お亀は小さく首を振った。今、おくまのもとに連れていったら衝撃も激しかろうと憂いたからだ。ここは事情をすべて聞いてから、どうするか判断しようとお亀は考えた。

蔵前通りに出て、お里と入った同じ団子屋の暖簾を潜った。

先刻、お里と語った座敷が空いている。お亀とお光は、そこで向かい合った。

「なぜに、私の名を……？」

まだ答を聞いていないと、お光が真っ先に問うた。

「お里さんて、ご存じですか？」

「ええ。義理の母ですが……」

「先ほど、ここで話をしたのです」

「義母とですか？」

「ええ。お里さんとは、諏訪神社の境内でたまたま……」

そのときの様子から、お里から聞いたことまでをお亀は語った。

「遠州屋さんでは、相当辛い思いをなさったようで。そんな家から逃げようがどうしようが、それはお光さんの勝手。でも、いくらなんでもこの寒空の中、赤ちゃんを捨てることはないでしょう」

お亀の詰《なじ》りを、お光はうな垂れて聞いている。

「ごめんなさい」

と、蚊《か》の鳴くような声が返った。

「謝《あやま》るのは、赤ちゃんに言ってください」

大二郎と言いたかったが、お光には通じない。

「あのときは、私もどうかしてました。生きる気力もなくなり、いっそのことと、大川沿いを歩いてました。でも、和一郎《わいちろう》を道連れにはできずに、諏訪神社の境内に置き去りにしました」

大二郎の本当の名は、和一郎といった。

「でも、私も死にきれず、やはり和一郎と一緒に生きていこうと……ですが、戻ったときには、神社の境内にはもういません。周囲を捜したところ、あの長屋の木戸の中から『この子はね、あたしが引き取って育てるよ』って、声が聞こえてきて、私はその場を去りました。でも、一度は手放したけど、どうしても……」

みなまで聞かずとも、お亀にはお光の心情が痛いほど分かった。

「どうして、遠州屋さんを飛び出したんです？」

「義母からお聞きになったと思いますが……」

「ええ。でも、多少は辛くたって、たいていは我慢するのが母親ってもんでしょ。あたしはまだ、母親にもなってないので分からないですけど」

「それには、いろいろと事情《わけ》が……」

お光が、その事情というのを語りはじめた。

「私の夫は佐市郎《さいちろう》と申します。私も夫もこの正月で、二十一になりました。佐市郎には、一歳下に又次郎《またじろう》という弟が一人います。その　又次郎さんは一年ほど前にお嫁さんをもらい、別居もせずに同じ屋根の下で暮らしておりました」

出されてきた団子には手をつけず、お光の話は核心へと入っていく。

「今から、半年ほど前のことでした。佐市郎と又次郎は兄弟であるも、とても仲が悪くて。それでも兄と弟の立場は雲泥《うんでい》の差。兄は嫡男で、弟は冷や飯食い。立場が逆転したのは……」

兄弟の母親である、お里の一言であった。

二人の嫁に子供が宿り、同時に孫が二人できると遠州屋の主《あるじ》藤衛門《とうえもん》とお里は、喜びの絶頂にあった。

遠州屋にとって最良の時期に、お里が取り返しのつかない失言を放った。

半年ほどまえの、夏の暑いころに話は遡《さかのぼ》る。

その夜は、隅田川の花火大会。

家族水入らずで、遠州屋一家は屋形船を雇い大川へと繰り出した。一家全員といっても、子供はいない。藤衛門、佐市郎、又次郎の夫婦六人である。そして、息子の嫁の二人は身ごもっていた。

「――二人とも、跡取りを産んでちょうだい」

一家の話題は、子供の話となった。お里が、嫁の二人に注文を出す。跡取りというのは、男児を指す。

「本店は佐市郎に任す。又次郎には暖簾分けしてどこかに店を構えてもらう。小さな店から、自分の才覚で大きくしていきなさい」

船に揺られながら、藤衛門が又次郎に向けて方針を語った。長男は絶対で、次男以降は冷や飯食いとなる。「かしこまりました」と、又次郎は不承不承《ふしょうぶしょう》ながらも返事をした。

そこで、お里が口を挟んだ。

「跡取りがないってのは、大変なことなのよ。とくに商いをしている以上は。私たちも、跡取りには苦労したものね、ねえあなた」

「おまえ……」

藤衛門が顔を顰め、お里に向けて首を振った。その仕草を、お光は見逃さなかった。

「苦労したというのは……？」

問うたのは、佐市郎であった。

「私ら夫婦には子供が授からず、私も三十歳になっていた。お医者さんからは、子供はもう無理と言われ……」

お里が語るそのとき、両国橋の袂《たもと》から花火が打ち上がった。真っ暗な空に、大輪の花が咲く。やんやの喝采が大川に浮かぶ船からも、堤の見物人から湧き上がった。

「花火を見ていると、あの日の火事を思い出すわ」

「おい、それを言うな」

「いいじゃない、あなた。もう、二人は近々父親になる大人ですわよ。本当のことを話しても……」

「何も、こんなところで」

「家ですと、奉公人たちの耳もあるし。それに、家族水いらずというのも滅多にないことですし、今が語るのに一番いいとき」

藤衛門が止めるのを、お里は拒んだ。

普段から、お里はお光に辛く当たっていた。下賤《げせん》の出ということもあろうが、ほかにも理由《わけ》があった。それを、これから語ろうとしている。

又次郎の妻であるお栄《えい》には、着物を与えたりご馳走をしたり何やらで、とにかく優しく接する。その扱いの違いは、天地ほどの差があった。

長男の嫁とはいえど、容赦なくこき使った。

真冬の、雪の降る日の洗濯などはお光にとってことさら辛かった。霜焼けになろうが、皸《あかぎれ》ができようがお構いなしでお里は命じてくる。また、母屋の長い廊下の雑巾《ぞうきん》掛けは、お光一人の仕事である。くれ縁の障子《しようじ》を開け、雑巾掛けするお光の姿を、お里とお栄は饅頭《まんじゆう》を食し笑いながら見ている。その前を、お光は歯を食いしばりながら、腰を丸めていく度も往復する。

「雑巾掛けが終わったら、薪《まき》を割っておきなさい。そのあとは、お風呂の水汲み……」

力仕事は普段は下男が行っているが、身ごもるお光にお里は容赦なかった。

その対応は、奉公人である女中以下、いや馬か牛同様の扱いであった。『いい加減にしろ』と、藤衛門が見るに見かねてたしなめるも、『遠州屋の嫁として、恥ずかしくないよう教え込んでいるのです。奥のことは黙っていてください』と言って取り合わない。

なぜにお里がお光を甚振《いたぶ》るか、その理由《わけ》が花火見物の屋形船の中で明かされる。

「私たちに子ができなかったでしょ。このままでは遠州屋も旦那様の代でおしまい。焦ってたのよ、私たち。二十年ほど前のあの日、子供を授かろうと浅草寺にお参りした帰り、浅草御門の手前の福井町で……」

そのとき、一際大きな花火が打ち上がり、耳をつんざくほどの轟音が鳴り響いた。

「あの花火、本当にあの日のことを思い出すわ」

子供を抱いた女が、近在の人々が逃げてくる波に逆らって火事場のほうへと向かっていく。その女に向かい藤衛門が『危ないから、近づくのはよせ』と止めた。そのとき『この子をお願いします』と言って、抱いてる子をお里に預け燃え盛る家に向かって飛び込んでいった。

「そのとき私は、これは浅草寺さんのご利益と取ったの。そうでしょ、火の中に飛び込んでいった女の人は、私にこの子を頼みますと言ったのだから。そうとなったら、育てる以外にないじゃない。そして佐市郎と名づけたの。でも、皮肉なものね、その三月《みつき》後に子供を授かったのですもの」

「とうとう言っちまったな」

藤衛門の、苦渋がこもる声が漏れた。

「私、本当は自分のお腹を痛めた又次郎に遠州屋を継いでもらいたかったの。それはずっと思ってたけど、言い出せずに今日《こんにち》まできたのです」

お里の話を、佐市郎は顔を青くして聞いている。逆に、又次郎とお栄の顔は赤く上気している。

そこに、お里が一言付け加える。

「それに、お栄にも子ができたし」

その後の花火は、お光の目には入らなかったと言う。

お光の話を、お亀は呆然として聞いていた。

お亀の硬直した様子に訝《いぶか》しさを感じたか、お光が問うた。

「どうかしましたか？」

「……どうしよう？」

この先は、うろたえるお亀の頭では判断のつけようがない。

佐市郎が長太郎だと、誰に告げようか。そのことでお亀の頭の中は一杯になった。

おくまに真っ先に告げるのが筋だろうが、それではあとの対処ができない。

考えていくうちに、次第にお亀は冷静になっていった。

「ねえ、ちょっとここで待っててくれます。絶対に、動かないで……すぐに戻ってきますから」

「分かりました」

と、お光の答が返る。そして、団子屋の娘には「あの人を、絶対に外に出さないで」と、念を押す。

大家の高太郎は、酔い潰れて頼りにならない。お亀が向かったのは、けったい長屋であった。おくまの家の前を通り過ぎ、棟の一番奥に住む菊之助の戸口を激しく叩いた。

「誰だ、いってえ？　人が気持ちよく寝てるってのに」

肌蹴た着物を無造作に整え、菊之助は戸を開けた。

「菊之助さん、いっしょに来て」

「なんでだ？」

「来ていただいたら分かります。ねえ、お亀の一生のお願い」

切羽詰った頼みだとは、酔いで頭がくらくらしている菊之助にも分かる。

「よし、すぐに行くから待ってろ」

酒臭い息に、お亀は顔を顰めた。それでもここは、菊之助を頼りにする。

「めかすことはないですからね、早くして」

そこまでせっつかれれば、菊之助としては着替えるまでもない。酒の臭いが染み込んだ小袖を着直し、解けた帯を締め直した。

「よし行こう」

裸足に雪駄《せった》を絡め、菊之助はお亀のあとについた。もとは女巾着切だけあって、逃げ足は鍛えられている。その速さに、菊之助はようやくの思いでついていく。おかげで酔いもいく分醒めてきていた。

「この方が、赤ちゃんを長屋に連れてきた人。菊之助さんていうの」

お亀が、簡単に紹介した。

「すると、この人が？　お亀ちゃんの友だちではなかったのか」

お亀の話で、菊之助は驚きの目を瞠《みは》った。

「お光さんていうの。この人が、大二郎のおっ母さん」

「ああ、そいつはなんとなく分かった。だったら、詳しく話を聞かせてくれないか」

酔いの残る頭で、菊之助は聞く姿勢を取った。

七

四半刻ほどをかけて、菊之助にすべてを語った。

話を聞いていくうちに、菊之助の酔いは徐々に醒めていく。

花火大会の件《くだり》では、菊之助も呆然とした面持ちで聞いていた。とくに、佐市郎がおくまの子と知ったときは脳天が破裂するほどの驚愕であった。団子を食って、茶を飲んで、気持ちを鎮《しず》めるのに手間がかかった。

「おれたちが酔っ払っていた最中に……お亀ちゃん、すまなかったな」

すっかり酔いが醒め、普段の菊之助に戻っている。

「お玉ちゃんにもお礼を言ってよ」

「ああ、二人のおかげだ。それを、これからどうやってまとめるかだな」

これからが出番だと、菊之助は顎《あご》に手をやり思案に耽《ふけ》った。

「それで、佐市郎さんはどうしてるので？」

菊之助がお光に問うた。

「花火の日以来、まったく意気消沈して。それと、又次郎さんの態度がはっきりと変わりました。普段から仲のよくない兄弟でしたが、あの夜を境に夫を見下すようになりました。それ以来、奉公人たちも又次郎さんになびくようになり、私たち夫婦はだんだんと孤立していきました」

「酷い話もあったものだな」

相槌《あいづち》を打つように、菊之助が苦渋を漏らす。

「兄だというのに又次郎は夫をこき使うようになり、下男以下の仕事を命じるようになったのです。ええ、薪割とか水汲みとか」

お光の言葉に、又次郎への敬称はなくなっている。

「そのうちに私のお腹も大きくなり、そして半年後私は男の子を産みました。だけど、お栄の子は死産でした。その嫉妬から又次郎たちは夫婦そろって……さらに酷い仕打ちを……」

お光は感極まったか、嗚咽《おえつ》となってあとの言葉が出てこない。それでも、途切れ途切れに語りをつなぐ。

「これでは和一郎の命も危ないと、私は家を飛び出しました。自然と足が浅草に向いたのは、何かのお導きだったのでしょう。でも、浅草まで来たときには、私の心はもうずたずたでした。この後のことを考えると、和一郎と共にどう生きていったらいいのやら。だったらいっそのこと大川に……でも、それはできませんでした。和一郎を諏訪神社に預け……」

その後のことはお亀も聞いていて、菊之助には語ってある。

「そういうことだったかい。それにしても、驚くことばっかりだなあ。あの大二郎がおくまさんの孫だったとは」

「おくまさんが、似てると言ったのは当たり前よね。わが子と孫では」

お亀が、つくづくとした口調で言った。

「私も驚きました。佐市郎がおくまさんというお方のお子であったと聞いたときは……」

もうお光の顔はくしゃくしゃで、言葉にならない。とめどなく流れる涙を拭うのに、お亀は懐《ふところ》から手布を出してお光に渡した。

「なんという因果でえ。こいつは一肌脱《ひとはだ》がねえといけねえな」

菊之助の口調が、伝法《でんぽう》なものに変わった。

「遠州屋に、怒りが込み上げてくらあ。よし、これから行って……いや、待てよ」

菊之助は、逸《はや》る気持ちを押さえた。

「その前に、母子の対面を済まさなくちゃならねえ。それと、おくまさんの気持ちを聞いておかなくちゃな」

団子屋を出て、三人はけったい長屋に戻り、おくまを訪ねた。

そしておくまに、今の遠州屋の様子以外は、すべて語った。

「この子のお導きだったのだねえ」

二十年の時の隔《へだた》りが、一瞬にして消え失せた。

おくまは気丈であった。わが子長太郎が見つかったといっても、涙一つ流さずにいる。それが薄情からではないという気持ちが、次の言葉に表れる。

「これがあの子の定めだったのさ。生きててくれただけでも、ありがたい。ほんとにほっとしたよ」

「それでおくまさんは、これからどうする？」

「どうするって……何しろ急なことなんで、気持ちが定まっちゃいないよ。今すぐにも逢いたいけど……佐市郎さんの気持ちも汲《く》まないとね」

おくまは、長太郎と佐市郎を別人と取っている。気持ちでは分かっているが、まだ信じることができないでいる。そんな気持ちの表れであった。

遠州屋における今の佐市郎の立場は、衝撃が強すぎるとおくまには話していない。

菊之助は、どうすれば円満に収まるかを模索するも、その考えがすぐに浮かぶものではない。それには、一晩は考える時が欲しいと。

おくまとお光、そして大二郎を水入らずにさせて、菊之助は自分の塒《ねぐら》へと戻った。

翌日になって、菊之助は単身で遠州屋に赴くことにした。

魚河岸に正月はない。むしろ書き入れ時だと、菊之助は河岸が繁盛する朝を避けて向かった。

遠州屋は主に干物、塩干物、昆布、海草類などを扱っている。鮮魚や貝類などの生物を売る店は、日本橋川に沿ったところに軒を並べている。遠州屋は西堀留川添いに、間口十間の店を構えていた。大店とはいっても、魚河岸の中では中堅といったところか。

昼ごろまでは、行商に行っていた棒手振りが戻ってくるので慌《あわただ》しい。朝飯を食してなかった菊之助は、近くの煮売り屋で朝と昼飯を兼用で済ませた。

この日のいでたちは、女衣装ではない。それでも着込んだ袷は、松と丹頂鶴が絡んだ派手な柄である。女物の衣装というより、ここまでくれば役者の舞台衣装ともいえる。

話し合いなので、木剣は担いでいない。話をどう切り込むか、菊之助は直前まで迷っていた。

――のっけから切り出すか、やんわりといくか。

考えているうちに、遠州屋の店先に着いた。

昼も過ぎ、店の中は落ち着きを取り戻している。戸板や棚に並べてあった店売りの干物類は、売れたか引っ込められたかして店先にはほとんどない。それでもいくらかは、売れ残った鯵《あじ》や鰯《いわし》の干物が笊《ざる》に盛られて買い手を待っている。

軒下に張り巡らされた水引き暖簾を潜り、菊之助が店に足を一歩入れたところであった。

「おい佐市郎、裏に回って盤台《はんだい》を洗っとけ」

客がいるにもかかわらず、店中に轟《とどろ》く声が聞こえてきた。声は、一尺高い帳場から土間に向けて放たれている。

帳場に立つ男は、遠州屋の若旦那風情である。土間で命令を受けているのは、唐桟《とうざん》織《お》りの安価な小袖を尻っぱしょりした下男風の男であった。

佐市郎は無言で店の外に出ると、塀伝いに裏へと回った。

菊之助は、佐市郎のあとを追った。板塀の切戸から中に入ると、そこは店の裏手であった。棒手振りが担いできた盤台が、いく層にも重ねられて置いてある。その脇に、盤台や陳列用の笊などを洗うための井戸がある。

生臭くなった盤台を、すべて洗うのが佐市郎の仕事であった。本来ならば、棒手振りなど、奉公人たちの仕事である。

周囲には誰もいない。佐市郎は腰を屈《かが》め、冷たい水を汲んで盤台を洗っている。背中を向けているので、菊之助が近づいても気づく様子はない。盤台を夢中で洗う佐市郎に、菊之助は背後から声をかけた。

「佐市郎さん……」

「えっ？」

振り向いた佐市郎が、驚く顔をしている。普段は見かけない格好の男がつっ立っていては仰天も無理はない。

「驚かんでいいです。佐市郎さんに、ちょっと話が」

「いいけど、手を休めるわけにはいかないので……」

「どうぞ、つづけていてください。返事もいいですから、そのままおれの話を聞いていてください」

考えていたことと手はずは違ったが、真っ先に佐市郎に話をする機会ができた。

「お光さんと和一郎ちゃんは、浅草のけったい長屋にいます。ええ、二人とも元気にしてますから、ご案じなく」

　まずは佐市郎を安心させるために、菊之助は切り出した。すると佐市郎の手が止まり、体ごと菊之助に向き直った。

「あなたはいったい……？」

「お光さんから、すべて聞いてますぜ。それと、佐市郎さんにしてもこれからの身の上にかなりの変化が生じる。そいつはあとで話すとして、今しがた店で威張っていたのは弟の又次郎ではないですかい？」

「ええ、そうですが」

「お光さんも、ここの内儀と義理の妹……なんていったっけ？」

「お栄ですか？」

「そう、そのお栄というのにずいぶんと辛く当たられていたそうじゃないですか」

「…………」

　佐市郎の無言でうな垂れる姿が、図星であることを示している。

「本来なら、あんたが遠州《ここ》屋の跡取りってことでしょう。何も、ここで盤台なんぞ洗ってなくてもいい身分だ。なんで、言い返したりしないので？」

「そいつは……」

「分かってるよ。佐市郎さんは、遠州《ここ》屋の本当の子ではないので、弟の又次郎との立場がひっくり返ったってことは」

「そこまで知ってるので？」

「ああ。あんたの本当の親もな」

「なんですって！」

「あんまり大声を出さないほうが……馬鹿野郎たちがやってきますぜ」

しかし佐市郎の驚愕は、庭中に轟き亘《わた》っていた。頭に手ぬぐいを巻いた奉公人が数人、近くに建つ小屋の中から何ごとかと庭へと出てきた。

「誰でえおめえは？」

印半纏《しるしばんてん》を纏《まと》った、棒手振りの一人が問うた。

「なんでもないから、みんな仕事をつづけてくれ」

半年前までは、若旦那として君臨してきた男である。侮辱の目は向けるものの、さすがに奉公人で逆らう者はいない。

それぞれに仕事の分担がある。仕事場らしき小屋の中へと戻っていった。

「手前の親とは？」

「二十年前、あんたの両親は浅草福井町に住んでいて……」

　このあたりから菊之助は、佐市郎の名を出さなくなっていた。

「やはり……」

　呟くような佐市郎の相槌があった。大川の花火の日に、お里から聞いたとは知っている。

「あんたの父親は、ほ組の立派な纏い持ちだった。だが、福井町の火事で一番纏を繰り出し、延焼を食い止めようと屋根に上ったところで家が崩れ落ち……」

　下敷きになって焼け死んだとまでは、菊之助は言葉に出さない。佐市郎のうなずきがあったからだ。

「あんたの本当のおっ母さんの名は、おくまさんてんだ。おくまさんはあんたを抱いて逃げていたが、亭主が下敷きになったと聞いて、居ても立ってもいられず火事場に戻った。気が動転していて、頭の中が真っ白だ。気づいたときには、腕の中からあんたは消えていた。どういう成り行きであったか知らないが、そのときあんたを連れてったのが、遠州屋の夫婦ってことだ」

　語り終えた菊之助は、じっと佐市郎の顔色をうかがった。だが、佐市郎の顔色に変化は見えない。むしろ、ほっと安堵した表情がうかがえる。

「おおよそのことは、分かってましたから」

落ち着いている姿に、菊之助も安堵する。

「それであんた、これからどうしたい？　その答によっちゃ、おれも一肌脱ぐぜ」

「まだ、頭の整理ができてなく……」

佐市郎が、頭を振るって答えたときであった。

「おい、何をそこでぐずぐずしてるんで！　早く洗っち……誰だい、そこにいるのは？」

くれ縁に立って怒鳴っているのは、又次郎であった。その顔を見て、菊之助の考えは決まった。「おれに任せな」と、小声で佐市郎に言った。

八

二尺高い外廊下に立つ又次郎を、菊之助は見上げている。

「あんたは……？」

又次郎が、見下げた態度で訊いてきた。

「おれは菊之助ってんだ。あんたは、又次郎さんだね？」

「他人の家に入り込んで、何をやってる？」

　菊之助の問いには答えず、さらに問うてきた。

「大旦那の藤衛門さんに話があってね。お孫さんの和一郎のことと言ってもらえれば分かる」

「和一郎の……？」

　又次郎の眉間に皺が寄り、にわかに不機嫌そうな表情となった。

「ああ、そうだ。それと、あそこで盤台を洗っている佐市郎さんのことでもだ」

「どんなことで？」

「あんたに話しても埒《らち》が明かねえ。今すぐ大旦那さんを呼んできてくれ。さもねえと、おれから上がっていくぜ」

　二尺高い外廊下には一歩では上がれない。敷石に足をかけたところで、

「上がっては、駄目だ」

　両手を広げて、又次郎から止めがかかった。

「なんで上がらせねえ？」

「あんたには、関わりのないことだ。帰ってくれ」

「いいんかい、おれがここで分かりましたと言って帰ったら、この遠州屋さんはどう

なるか分かんなくなるぜ」

　菊之助は、口調に凄みを利かした。

「どうなるってので？」

「いちいち、なんだかんだうるせえな。てめえに話しても埒が明かねえって言ってるだろ。おれは、和一郎の名代《みょうだい》で来てるんだ。てめえが間《あいだ》に挟まることじゃねえ！」

　菊之助の怒声が、母屋に鳴り響いた。

「何があった？」

　声を聞きつけ、奥から出てきたのは五十も半ばを過ぎた藤衛門であった。その脇に立つのは、齢からして内儀のお里と知れる。

「あんたは……？」

「大旦那の藤衛門さん、そしてお内儀のお里さんですね？」

「そうだが……」

「手前は、ぬけ弁天の菊之助と申します。きょうは、お孫さんの和一郎と、あそこで盤台を洗っている佐市郎さんのことで、話があってまいりました。大旦那さんに目通りを頼んだのですが、この大馬鹿野郎があっしを止めまして……」

「大馬鹿野郎だと？」

目を吊り上げた、又次郎の顔が菊之助の目に入った。

「この馬鹿野郎と話をしてもしょうがないと、ついつい大声を出してしまいました。そこは、ご勘弁を」

「お父っつぁん……」

菊之助に対する反論を、又次郎は父親に頼った。

「おまえは下がっていなさい。菊之助さんとやら、ゆっくりと話を聞こうではないか」

渋々又次郎は引き下がっていった。


客間に菊之助は案内された。

藤衛門とお里が並んで座り、菊之助は二人と向かい合った。

「大旦那さんの返答次第では、手前はこれから御番所に赴こうと思ってます」

前置きを置かず、菊之助のいきなりの切り出しであった。

それが何を意味するかは、脛《すね》に傷を持つものならば痛いほど分かる。

「いきなり御番所とは穏やかでないが、いったいどういうことだね？」

「子供を拐《かどわ》かしたということで」

「拐かしだと?」

「ええ。二十年ほど前の、福井町の火事といえばお分かりかと……」

言って菊之助は、藤衛門とお里の顔色をうかがった。すると、見る間に顔色がはっきりと変わっているのが分かる。齢を取り、黒ずんできた顔面に血が巡ったか、さらにどす黒くなった。

「あれは、この子を頼みますと……」

お里が身を乗り出して、言い訳を口にする。

「いや、そうじゃありません。本当の母親からは、自分の腕からふんだくるようにして子どもを連れていったと聞いてます。となると、拐かしってことになる。子が授からなくて、浅草寺さんへ祈願に行った。その帰りだって聞いてますぜ」

「なぜに、そんなに詳しく?」

藤衛門の問いであった。

「佐市郎さんの嫁の、お光さんからみんな聞いてます」

「すると、お光は……」

「ええ。今ごろは、和一郎ちゃんを抱いて乳を飲ませてますわ。本当のお祖母《ばあ》さんにあやされてね」

「すると、今どこに？」

「浅草諏訪町っていえば、お内儀もご存じでしょうよ。神社の隣のけったい長屋で、母子《おやこ》はゆっくりとした気分で正月を堪能してますぜ」

「二人とも無事でいたか。それはよかった」

藤衛門のほっと安堵した様子に、菊之助は訝しげな目を向けた。逆に、もっと渋い顔をすると思ったからだ。

「それで、菊之助さんとやらは御番所に……？」

「それだけはやめてください、お願いですから」

亭主の言葉を遮り、お里が畳に額をつけた。

「だったら、どうやって収まりをつけるんで？　このままお光さんと和一郎を戻したんじゃ、甚振りはこれからもつづくでしょうし。とてもでないが、そんな鬼の巣窟に二人を戻すことはできやしねえ」

「二度と甚振りはしません。だから、御番所だけには……」

お里が激しく首を振る。

「てめえの、都合のいいことばかり考えてやがら」

菊之助の言葉つきが、にわかに変わった。

「とにかく、佐市郎さんの実のおっ母さんであるおくまさんは、母子ともども引き取ると言ってますぜ。狭い長屋だが、温かさはここの数千いや数万倍だ。おれたちも、諸手《もろて》を挙げて賛同しますぜ。ええ、みんなして背中をもたれながら助け合うのがけったい長屋だ。ここには、又次郎ってご立派な跡取りがいるんだ。それでよろしいですね？」

まだ佐市郎の考えを聞いてはいないが、菊之助は自分の考えを押した。

「佐市郎がよいと言うのなら、それでかまわん。だが、この遠州屋もわしの代で終わりってことになる」

「えっ、何をおっしゃってるの、あなた？」

お里が訝しげな顔で、藤衛門の横顔を見ている。

「又次郎では、この遠州屋の屋台骨は守っていけない。わしらの実子だが、又次郎には人の機微というものがない。それと、商人としての性根が足りぬ。甘やかして育てたわしらがいかんのだ。暖簾分けをして、小さな店から作り上げさせようと思ってたところで、おまえが余計なことを言った」

「大川の、花火大会の夜のことですね？　それは、お光さんから聞きました」

菊之助の口調が穏やかになっている。

「わしは、お里の言葉を止めようとしたが、黙っておくことにした。又次郎がどう出るかを見たかったからだ。その後のことも、菊之助さんとやらは聞いてますな」

「ええ、弟夫婦がかなり辛く当たってたと。それと、お内儀のお里さんにも相当虐《いじ》められたと。和一郎を抱えて、大川に飛び込むことも考えていたようですぜ」

「そうでしたか。無事で本当によかったが、お光には辛い思いをさせてしまった」

藤衛門が、うな垂れながら言った。

「それで、これからどうなさいます？」

「わしは、去年一杯で隠居を考えていた。なのでおくまさんさえよかったら、お光と和一郎をここに戻す。そして、身代を佐市郎に譲ろうとな。最初の考えに変わりはない。又次郎たちには、すぐに家を出てもらうことにしていた。そのために、小網町《こあみちょう》に小さな店を買っておいた」

「あなた……」

亭主の真意が分かったか、お里は涙声となった。

「だが、佐市郎がどう考えているかだ。実の母のところに戻りたいと言ったら、聞いてあげんといかんだろうな」

藤衛門が答えたところで、隣部屋を仕切る襖がガラリと音を立てて開いた。

「佐市郎……」

お里が驚く顔で、敷居の向こうに立つ佐市郎を見やっている。

「話はすべて聞かせていただきました」

菊之助が客間に入ったあとすぐに、隣部屋に潜んで話を聞いていたという。

「ならば、話して聞かせることもないな」

「はい、お父っつぁん」

「佐市郎はどうする。実の母親であるおくまさんのところに戻るか？」

「いえ、戻りはしません。手前を育ててくれた恩義には、報いなくてはなりません。それと、お父っつぁんの心根はずっと分かっておりました。ですが、お光のほうは……」

「辛く当たりすぎてしまったな」

「ごめんなさい」

お里が改心したか、畳に顔を伏せて泣きはじめた。

「おっ母さん、もういいです。頭を上げてください」

それでもお里は、畳に伏したままである。

ここから先はもう出番ではないと、菊之助は静かに立ち上がった。

「ちょっと待ってください、菊之助さん」

佐市郎が、菊之助の足を止めた。

「これからその長屋……なんと言いましたっけ？」

「けったい長屋」

「そこに、一緒に行ってもよろしいでしょうか？　お光と和一郎を迎えに行きたいのですが。よろしいでしょう、お父っつぁん？」

「ああ、行ってきなさい」

「それと、お父っつぁんとおっ母さんに一つ頼みが……」

佐市郎が、藤衛門と頭を上げたお里に向かい合って座った。そして、何やら話しかけると二人のうなずきが返った。


それから二日後のことである。

「みなさんには、えらくお世話になりました」

「おくまさん、お達者で」

長屋のみんなを代表して、お玉が別れを言った。このたびのことで一役買ったお亀も、にこやかな顔をして立っている。

遠州屋から、佐市郎がおくまを迎えに来ていた。

弟の又次郎夫婦は、前日に小網町の新居へと引っ越していったと佐市郎は言った。

二十年を償おうと、遠州屋の藤衛門とお里は、おくまを迎え入れることにしていた。

佐市郎の申し出を、快く受けたのである。

「あたしは、ただで飯を食わせてもらおうとは思ってないよ。下働きとして雇ってもらうのさ」

おくまのもの言いに、

「好きなようにすればよろしいですよ、おくま……いや、おっ母さん」

佐市郎に『おっ母さん』と呼べる人が、一人増えた。

「あたしゃ、おくまさんでいいよ」

実の母親に、さん付けはないだろう。

「だったら『おかん』てのはどうでっしゃろ？」

「ここは、上方ではないんだからね」

高太郎に難癖をつけたのは、お亀であった。

「だったら『おっかあ』ってのはどう？　庶民的でいいんじゃない」

お亀が、別の案を出した。それでいいとなったものの、照れくさくて佐市郎はすぐには言えない。

「あたしは、おまえのことを『長《ちょう》ちゃん』って呼ぶよ。佐市郎とは、どうもね」

「あだ名としてなら、いいんじゃないの」

お玉の助言でそうすることに決めた。

「おくまさん、お達者で」

涙ぐむかみさん連中に、おくまは大きく頭を下げた。

実の母子が、二十年ぶりに手を取り合って長屋の木戸を出ていく。

けったい長屋に空き部屋が一つ増えた。

「えらいこっちゃで、早く店子《たなこ》を探さんと」

高太郎が慌てたそこに、四十を過ぎたあたりの浪人が一人入ってきた。

「部屋は空いているかな？」

おくまの住んでいた部屋はすぐに埋まった。

「よかったね、あんた」

「ほなら、いこか」

手をつないで木戸を出ていく高太郎とお亀を、長屋の全員が見送っている。

時代小説

二見時代小説文庫

背《せ》もたれ人情《にんじょう》 大江戸《おおえど》けったい長屋《ながや》3

二〇二一年 一 月二十日 初版発行

著者 沖田正午《おきだしょうご》

発行所 株式会社 二見書房
〒一〇一-八四〇五
東京都千代田区神田三崎町二-一八-一一
電話 〇三-三五一五-二三一一 [営業]
〇三-三五一五-二三一三 [編集]
振替 〇〇一七〇-四-二六三九

印刷 株式会社 堀内印刷所
製本 株式会社 村上製本所

 ISBN978-4-576-20202-0
https://www.futami.co.jp/